AF223016

Gunnar Lou Schmitt

Blues ist unheilbar

Bibliografische Information der Deutschen Nationalbibliothek
Die Deutsche Bibliothek verzeichnet diese Publikation in der
Deutschen Nationalbibliografie; detaillierte bibliografische Daten
sind im Internet über http://dnb.ddb.de abrufbar.

Alle Rechte liegen bei dem Autor.
Die textliche Gestaltung erfolgte durch den Autor.

Alle Rechte der Verbreitung, auch durch Funk, Fernsehen, foto-
mechanische Wiedergabe, Tonträger jeder Art, auszugsweisen
Nachdruck und auf digitalem Wege sind vorbehalten.
2. Auflage 2012
© **2007 Gunnar Lou Schmitt**

Herstellung und Verlag:
BoD – Books on Demand, Norderstedt
ISBN 978-3-8482-2871-3

für Sven

Beginnings

Eine ungewohnte Stille lag im Raum. Weil diese Art von Ruhe aber eigentlich immer nur dann eintrat, wenn gerade eine Schallplatte zu Ende gelaufen und die nächste zum Auflegen noch nicht gefunden war, konnten nun einige Außengeräusche an sein Ohr dringen.

Nachdem er in einem gesonderten Stapel Platten endlich das gesuchte Album von J.J. Cale gefunden hatte, überlegte er kurz und stellte es dann doch wieder zurück, weil nämlich J.J. Cale genau den Schuss Blues in seiner Musik hatte, den er an diesem Morgen nicht so gerne hören wollte. Tagelanges Wintergrau und immer dieselben frostigen Temperaturen begannen langsam aber sicher an seinen Nerven zu zerren. Jedes Mal, wenn er morgens nach dem Aufstehen die Rollläden hochzog, sah er auf dem gegenüberliegenden Hügel dieselben Schneereste liegen, von denen er sich schon längst wünschte, dass sie endlich verschwinden und neuem, frischem, grünen Grase weichen mochten. Und dies am besten im Einklang mit warmer Frühlingssonne.

In der sich ankündigenden Auslaufphase des Winters kam Sebastian seit Jahren bereits immer wieder auf Caravan zurück, jene vertraute alte englische Canterbury-Band mit der freundlich lieben Stimme von Pye Hastings, welche im Laufe der Zeit irgendwie aus seinem Leben nicht mehr wegzudenken war. Deren Musik hatte er schon vor vielen Jahren in seinem ersten eigenen Auto, einem uralten – anfangs blauen, später eher bunten - 1966er Käfer gehört, während er durch die winterlich verschneite Landschaft des Niederrheins fuhr. Nachdem nun das Erstlingswerk von Caravan sich auf dem Plattenteller drehte und dieser wundervoll typische Sound einer Hammond-Orgel durch die neuen Boxen in angenehm weichen Wellen auf den Frühstückstisch schwappte, überflog Sebastian oberflächlich die Meldungen in der Tageszeitung. Dabei war er nicht gerade der eifrigste aller Zeitungsleser, weil schließlich das, was heute Morgen in der Zeitung präsentiert wurde, bereits gestern geschehen und ziemlich wahrscheinlich ihm bereits in den abendlichen Fernsehnachrichten zu Ohren gekommen war. „Who Wants Yesterday Papers?" hatte es schließlich bereits bei den frühen Stones geheißen.

Hier drohte ein Krieg, dort fehlte das Geld für Investitionen in der Lokalpolitik et cetera. Sicher war lediglich, dass die Arbeitslosenzahlen kontinuierlich anstiegen. Durchaus ein politischer Mensch mit großem Interesse am aktuellen Geschehen, wusste auch Sebastian mittlerweile keinen Rat und keine Lösung mehr für dieses Problem. Nach der Rezession wurde inzwischen bereits von einer Deflation gesprochen. Welche Partei sollte mit welchem Konzept eigentlich noch zum Abbau der Arbeitslosigkeit beitragen? Und wozu ist – pragmatisch betrachtet - eine Regierung im Amt, wenn es ihr bei zugegebenermaßen positiven Ideen letzten Endes doch nicht gelingt, das derzeit innenpolitisch drängendste Problem zumindest ansatzweise in den Griff zu kriegen?

Seit kurzem war auch Sebastian in dieser Beziehung durchaus praktisch betroffen. Zum ersten Mal in seinem Leben hatte er sich nämlich arbeitslos gemeldet, besser: melden müssen und durfte nun einigermaßen regelmäßig beim örtlichen Arbeitsamt erscheinen, um irgendwelche besonders wichtigen Belege bei streng schauenden und sich in scheinbarer Sicherheit wiegenden Sachbearbeiterinnen abzuliefern.

Wenigstens waren einige von ihnen recht hübsch.

Erscheinen bedeutete für Sebastian übrigens konkret, mit seinem mittlerweile im Rentenalter befindlichen, aber immer noch funktionsfähigen und heißgeliebten Opel Omega Caravan vorzufahren. Groß und billig musste seiner Meinung nach ein Auto sein. Groß im Sinne von leise und gemütlich, billig im Sinne von sparsamem Verbrauch. Autos waren mit dem Rock`n`Roll so untrennbar verbunden wie die Liebe, ganz besonders natürlich amerikanische Heckflossen aus den fünfziger und sechziger Jahren. Unter kulturhistorischen Gesichtspunkten betrachtet, waren diese oft zweifarbigen Schaukeln unglaublich und wunderschön anzuschauen. Dagegen ließ sich jedoch ihr immenser Spritverbrauch in keinster Weise rechtfertigen. Solche Schiffe waren gänzlich unökologisch und bis auf wenige Ausnahmen selbst aus dem amerikanischen Straßenbild folgerichtig mittlerweile verschwunden. Sebastian war allerdings nicht umsonst im Jahre der höchsten Heckflossen 1959 geboren. Ihren Platz für die Ewigkeit hatten Cadillacs und Chevrolets unterdessen bei ihm zu Hause gefunden. Auf Modellgröße reduziert glänzten sie nämlich in zwei Vitrinen still und würdig vor sich hin.

Stolzer weißer Cadillac

Reminiszenz an die Vergangenheit,
Weißer Lack und weißes Lederdach,
Alles etwas größer und breiter
Mit Sitzen gleich alten Wohnzimmern
Und unendlich vielen Chromteilen
Steht er am Straßenrand,
Seinem Schicksal überlassen und
Von keinem mehr abgeholt,
Weil doch solch ein Schiff

8

Wirklich niemand mehr möchte.
Und so erblindet still das Chrom,
Von nagendem Rost befleckt,
Verwandelt sich alles Weiß
In schmutzig verlassenes Gelb.
Seines strahlenden Glanzes sowie
Einer würdigen Zukunft beraubt,
Bleibt dieses Auto dennoch immer
Und für alle Zeiten: ein Cadillac.

Den zweiten Glasschrank hatte Sebastians Gattin erst vor ein paar Monaten genehmigt. Zwei Vitrinen beanspruchten einen gewissen Raum, ebenso wie eine Wand voller Schallplatten, drei Gitarren und circa hundert Kakteen, die durch keckes Wachstum dank guter Pflege über die Jahre ihr äußerliches Erscheinungsbild ebenfalls nicht gerade verkleinerten. Hobbys benötigen nun mal jede Menge Platz, wenn man nicht gerade Briefmarken sammelt. Und dass seine Layla dies alles unter relativ wenig Protest über sich ergehen ließ, rechnete er ihr sehr hoch an.

Da Sebastian intensiv mit der Vorbereitung eines Seminars an der Volkshochschule beschäftigt war, begann er langsam, den Frühstückstisch abzuräumen und fuhr danach zügig seinen Computer hoch. Um das verschmutzte Geschirr in die Spülmaschine zu räumen und den Tisch abzuwischen, hatte er vorher als akustischen Hintergrund noch schnell Dolly Parton ausgewählt.

Es ging ihm gut – keine Frage. Er hatte eine nette und noch dazu beruflich erfolgreiche Frau sowie einen phantastischen, gerade eingeschulten Sohn, welchem gerade sein erster Liebesbrief überreicht worden war. Dessen Wirkung hatten die dafür verantwortlich zeichnenden Mädchen noch einmal eindrucksvoll verstärkt, indem sie dem Sechsjähri-

9

gen während seiner Abwesenheit an einem einzigen Nachmittag neunmal auf den elterlichen Anrufbeantworter sprachen.

Im Grunde lief also alles glatt für Sebastian, und wenn etwas mal nicht so gut aussah, würde die Wende zum Positiven sicherlich nicht lange auf sich warten lassen. Er hatte also allen Grund zur Zufriedenheit. Dies war jedoch bei weitem nicht immer so gewesen.

Nahezu alle pubertierenden Jugendlichen hören Musik, manche sogar ziemlich viel davon. Sie identifizieren sich mit ihren Stars, kleiden sich wie ihre Stars und Lieblingsbands, verleiben sich Unmengen an Literatur über sie ein, wofür sie Unsummen ausgeben und studieren zuweilen sogar deren Mimik und Gestik ein, um ähnlich wie ihre Idole zu wirken und ihnen dadurch näher und immer näher zu sein. Dies verhilft ihnen zum dringend benötigten Selbstbewusstsein und unterstützt sie auf ihrem schwierigen Wege des Erwachsenwerdens.

Auch die neuesten CDs oder Schallplatten steigern unweigerlich den Wert eines jeden Teenagers. Sein Ansehen bei Freunden und Bekannten, auch dem stark an Bedeutung zunehmenden anderen Geschlecht ist untrennbar verknüpft mit einer Kenntnis der aktuellen Chartnotierungen. Sollten die angesagten Scheiben sich sogar im persönlichen Besitz befinden, ist man selbst auch entsprechend angesagt – oder eben nicht, wenn man dieser Renommee-Belege entbehren muss. Finanzielle Situation oder wirtschaftliche Lage der Eltern sind dabei irrelevant, gelten nicht als Entschuldigung, denn dafür ist auch ein Teenagerleben zu kurz, als dass solche Dinge berücksichtigt werden könnten. Somit zählt schon dort haben oder nicht haben, Besitztum oder Armut, allerdings äußerst latent, weil andererseits sich niemand tiefere Gedanken über solche Dinge macht. Das noch kindliche Gemüt legt auf so etwas nicht allzu viel Wert.

Mit den Jahren beginnen sich die Interessen und damit auch die Vorlieben für Musik unterschiedlicher zu entwickeln. Da gibt es Leute, die kein Geld haben, Musik käuflich zu erwerben und sich daher mit Aufnahmen ihrer Freunde begnügen müssen. Es gibt aber auch Leute, denen es vollauf genügt, die neuesten Hits im Radio zu hören. Und es gibt Musikinteressierte, in deren Zimmer man plötzlich eine ganze Sammlung mit LPs und CDs vorfindet, welche dort quasi über Nacht gewachsen zu sein scheint, sozusagen ein Eldorado für Mittellose.

Das frustrierende Gefühl, Tausende von Platten wirklich dringend besitzen zu müssen, aus finanziellen Gründen jedoch die Befriedigung dieses Bedürfnisses vermutlich niemals realisieren zu können, muss man am eigenen Leibe kennen lernen, um es beurteilen zu können.

Das neueste Werk des Lieblingsgitarristen oder der Lieblingsband erscheint im Durchschnitt automatisch alle ein bis zwei Jahre, so wie nach circa drei Studioalben häufig ein Live-Album in die Regale der Musikläden nachgeschoben wird. Dass dies etwas mit Plattenverträgen zu tun hat, sollte Sebastian erst viel später lernen. Ebenso, dass ein neu erscheinendes Best-Of-Album eines noch lebenden Künstlers respektive einer noch gemeinsam auftretenden Band fast immer ein diskreter Hinweis auf einen bevorstehenden Wechsel der Plattenfirma bedeutete, also quasi eine vertragliche Bedingung:

„O.k., du kannst gehen, erst veröffentlichen wir aber noch eine Best-Of von dir."

Die neuen Produkte werden überall in der Musikpresse besprochen, die Künstler finden plötzlich Zeit für Interviews, in denen sie versichern, dass insbesondere dieses neue Album ein ganz besonders ehrliches geworden ist, weil es eben so viel über sie selbst erzählt und nicht zuletzt deswegen ihr absolut bestes ist.

Verreißen dürfen die Kritiker in den Medien Neuerscheinungen natürlich auch, und es wird gerne und häufig Gebrauch davon gemacht. Werden jedoch zu viele Produkte einer Plattenfirma negativ kritisiert, so verebbt irgendwann die Lieferung von Gratishörproben dieser Plattenfirma an den abtrünnigen Kritiker. Um dem zu entgehen und dennoch ehrlich zu bleiben, muss Kritik sorgsam abgewogen werden.

Ebenso wird ein neu erschienenes Album sehr häufig durch eine Tournee unterstützt, um dessen Verkäufe anzukurbeln. Dadurch ergibt sich für die Fans die Möglichkeit, den angehimmelten Star endlich mal auf der Bühne erleben zu können. Ein Live-Erlebnis bedeutet, mit einer großen Menge anderer unbekannter, manchmal ebenso wahnsinniger, jedoch zumindest musikalisch gleich gesinnter Menschen in einer Halle zusammen zu sein. Im Sommer kann dies auch gerne unter freiem Himmel, also Open Air stattfinden. Das gemeinsame Erlebnis entsteht durch die Musik, welche auf der Bühne produziert und mittels ziemlich vielen und relativ großen Lautsprechern ins Publikum gestreut wird. Zu einem solchen Konzert müssen die Fans anreisen, manchmal weite Wege in entfernte Städte auf sich nehmen. Wer auf dem Lande lebt, hat somit nicht nur die finanzielle Hürde zu überwinden, sondern außerdem noch diejenige der regionalen Distanz.

Sebastian lebte nun zufällig auf dem Lande, besaß weder Geld für ein Konzert-Ticket noch für eine Bahnfahrkarte dorthin, noch existierte ein Auto in der Familie, welches ihn mal eben an der angesagten Konzerthalle hätte absetzen können. Somit war der Gedanke, seine Lieblingsband eines fernen Tages mal live sehen zu können, praktisch von Anfang an hinfällig. Bilder von Rockkonzerten begutachtete Sebastian regelmäßig und mit wachsender Begeisterung in den einschlägigen Zeitschriften, aber er konnte nicht einmal daran denken, einer von denen zu sein, die da im Publikum standen und durch Zufall mit aufs Foto geraten waren. Seine Realität war finanziell und regional ganz erheblich begrenzt, und dies hier war eine andere Wirklichkeit, eine Welt des Glitzers, der Backstage-Aufnahmen und der fröhlichen Ausgelassenheit, weil schließlich auf den Fotos alle immer lachten und gut drauf waren. Dagegen hatte sich an Sebastians Perspektive nie etwas geändert.

Den Beginn dieser Entwicklung könnte man vielleicht setzen an einem dieser Tage, an dem er sich zusammen mit seinen beiden anderen Geschwistern und seiner Mutter in der viel zu engen Wohnküche aufhielt, welche damals den bescheidenen Mittelpunkt der ebenfalls viel zu engen Wohnung darstellte. Während die Mutter mit irgendwelchen Hausarbeiten beschäftigt war, spielten die drei Kinder, spielte zumindest Sebastian für sich alleine, als er zum wiederholten Male im Radio diesen Song hörte, der so nett mit einem Klavier oder zumindest einem dem Klavier verwandten Tasteninstrument einsetzte. Die Erwachsenen schrieben das Jahr 1967 und dieser Song wurde öfter gespielt, ohne dass Sebastian zu dieser Zeit etwa gewusst hätte, was ein Hit ist. Auch den Titel des Liedes lernte er nie richtig kennen, obgleich der Interpret einmal sogar im Fernsehen zu bestaunen war. Es handelte sich dabei um „Death Of A Clown" von Dave Davies. Dieser war der jüngere Bruder von Ray Davies und hatte bis dato immer im Schatten seines älteren Bruders gestanden. Beide waren Mitglieder der Kinks und Dave Davies landete mit dieser Single in der Tat einen Hit, der umsatzmäßig den anderen Kinks-Singles durchaus das Wasser reichen konnte.

13

Im Grunde handelte es sich bei „Death Of A Clown" also um Sebastians allerersten Lieblingssong, welchen er erst viele Jahre später auf dem Kinks-Album „Something Else" entdeckte und bei dieser Gelegenheit ohne längeres Zögern seiner Sammlung einverleibte. Was er an diesem Song so sympathisch fand, war jener mehrstimmige kindliche Gesang im Hintergrund, mit dem sich Sebastian bei seinen acht Jahren durchaus zu identifizieren vermochte.

Mit Vierzig würde er dies immer noch tun. Dann machte ihn die Erinnerung an jene unschuldige Zeit in der kleinen Stube, in die am Nachmittag immer das Sonnenlicht gefallen war, häufig traurig, weil sie so unwiederbringlich vorüber war wie irgendwie eine ganze Epoche.

Auf der Ebene der Musik geschah für Sebastian nach der Dave Davies-Single lange Zeit nichts, abgesehen von vielleicht ein paar Kuriositäten. So veranstaltete mal jemand aus seinem Bekanntenkreis eine Geburtstagsparty und zum Dank für seine Einladung bekam er – zweifellos aufgrund mangelnder Absprache – von fünf verschiedenen Gästen fünfmal die gleiche Single geschenkt. Sozusagen einmal zum Hören und viermal zum An-die-Wand-Nageln oder Darauf-Herumtreten.

Erst um 1970 herum fand sich Sebastian abends auf dem Zimmer eines alten Spielkumpels wieder, wo dieser ihm bei rotem Schummerlicht die relativ frischen Alben „Fireball" und „In Rock" der englischen Hardrock-Truppe Deep Purple vorstellte. Ohne die Bands Deep Purple, Black Sabbath und Led Zeppelin wäre die gesamte Heavy Metal-Szene späterer Jahre undenkbar gewesen. Es war musikalisch etwas gänzlich Neues und bedeutete in einer Zeit schlimmster Auseinandersetzungen zwischen den Generationen für die Eltern vermutlich den endgültigen Knock out.

Auch für Sebastian war es damals völlig neu und fremd, so dass ihm durchaus ein wenig unbehaglich zumute war ob dieser ungewohnt harten Klänge. Sie saßen dort oben nicht zum Spielen etwa mit Autos, sondern ihre Zusammenkunft stellte neuerdings das Spielen von Musik in den Mittelpunkt der Aktivitäten. Beide saßen auf dem Bett oder einem Stuhl, dank der fürsorglichen Mutter des Freundes ausgestattet mit einem Gläschen Wermut, schauten trübe vor sich hin, ohne sich mehr als nötig zu unterhalten und lauschten den Klängen von „Child In Time" oder „Anyone`s Daughter".

Der Freund: „Die Platte hab` ich ganz neu."

Sebastian: „Gut."

Nach einer Weile wieder: „Und? Wie findest du?"

Sebastian: „Toll, echt."

Von da an nahmen die Dinge ihren Lauf. Sebastian lag häufig in seinem unbeheizten und daher im Winter ziemlich kalten Zimmer auf dem Bett unter einer Decke und schaltete sein brandneues silbernes National Panasonic-Transistorradio ein, welches ihm glücklicherweise der Weihnachtsmann zum Fest 1971 hereingereicht hatte. Die Distanzierung und Abnabelung vom Elternhaus, welches bei ständiger Abwesenheit des Vaters ohnehin nie ein vollständiges hatte sein können, wurde damit praktisch offiziell vollzogen. In Wahrheit hatte sie allerdings schon wesentlich vorher eingesetzt, weil Sebastian zu Hause schon früh keine Antworten mehr auf seine Fragen erhielt und er sich daher von Kindesbeinen an gezwungen sah, diese Antworten woanders zu besorgen. Nun aber lag er durchaus gewollt und bewusst auf seinem Bett, um Musik zu hören und nicht dabei gestört zu werden, während hinter der geschlossenen Tür in der Küche die Stimmen der anderen Familienmitglieder zu vernehmen waren. Sebastian befand sich längst in einer anderen Welt, in der Welt des

John Lennon mit seinem „Imagine", des Rod Stewart mit seiner „Maggie May" und vor allem der T.Rex mit ihrem „Hot Love".

T.Rex zogen ihn in ganz besonderem Maße an. Innerhalb kürzester Zeit stiegen Marc Bolan und Micky Finn für den mittlerweile musikbegeisterten Sebastian, gelinde gesagt, zu Göttern auf, unerreichbar wie alle Götter, im Gegensatz zu jenen jedoch real existent und noch dazu unglaublich wunderschöne Musik spielend. „Get It On", „Telegram Sam", „Metal Guru" und weitere Singles dieser Band verkörperten für Sebastian fortan das Schöne in seiner Welt, das, was ihn von seinem sinnleeren Zuhause immer weiter wegbrachte. Während seine Freunde alle schon LPs besaßen, musste er lange sparen, um sich nur eine einzige Single leisten zu können, ein mühsames Unterfangen also. Dennoch sammelte er die wichtigsten Hits von T.Rex im Laufe der Zeit emsig zusammen.

Bei „Jeepster" handelte es sich sogar um den ersten für ihn bedeutsamen Song, über dessen Erscheinen Sebastian aktuell informiert wurde, indem nämlich frühmorgens im Schulbus ein Freund schon aufgeregt auf ihn zukam.

„Weißt du schon, dass T.Rex eine neue Single raushaben??"

„Nö, echt?"

„Ja wirklich, sie heißt, Jeepster' und ist total super!"

Schon mal eine gute Nachricht an diesem noch so jungen Tage.

Auf die Lieblingsband Sweet seines jüngeren Bruders konnte er natürlich nur mit Verachtung herabblicken, was ja bei einem Jungen in diesem Alter nicht verwunderlich ist. In Wahrheit aber gab es musikideologisch nicht nur Differenzen und Auseinandersetzungen zwischen den Fans der Beatles und der Rolling Stones in den Sechzigern, sondern tatsächlich auch zwischen den Fans von T.Rex

16

und Sweet in den Siebzigern, weil diesen Sweet nun wirklich endgültig die geistige Tiefe in ihrer Musik abhanden gekommen war. Dagegen besaß das Schaffen des Marc Bolan, im Grunde alleiniger Kopf von T.Rex, durchaus eine gewisse Substanz, welche stellenweise sogar ein wenig in Richtung Bluesrock tendierte beziehungsweise dazu führte, dass Marc Bolan mit seiner Musik zukünftig sogar als Wegbereiter des Punk angesehen werden sollte. Da konnte Sebastian nun wieder überhaupt keine Parallelen entdecken. Viel später las er dann, dass Marc Bolan sogar einmal ein paar Stunden Gitarrenunterricht bei Meister Eric Clapton genommen hatte. Die Ergebnisse dieses Unterrichtes durften aber nicht nur nach Sebastians Auffassung gerne in Zweifel gezogen werden.

Natürlich gab es unter seinen wenigen Schallplatten noch ein paar andere Interpreten. So fand zum Beispiel mal die Stones-Single „Brown Sugar" ihren Weg in die spärliche Sammlung Sebastians, wobei diesem spätestens zu der Rückseite „Bitch" als Jung-Teenie nicht mehr viel einfiel. Diesem Song schien einfach jede Melodie abhanden gekommen zu sein. Stattdessen breiteten die Musiker einen eher wirren Klangteppich aus, und Sebastian verstand - T.Rex-infiziert - nicht recht, was dies eigentlich sollte.

Irgendwann gelangten mal das Live-Album von Grand Funk Railroad sowie die „Isle Of Weight" von Jimi Hendrix in seinen Besitz, allerdings ohne dass es ihm gelungen wäre, eine emotionale Beziehung zu dieser Art von Musik aufzubauen. Später trennte er sich auch wieder von seinen ersten LPs, jedoch nicht, ohne vorher Grand Funk Railroad ein paar mal ziemlich laut aufgedreht zu haben, wenn er nämlich auf der Straße gerade ein Mädchen mit Namen Manuela vorbeigehen sah. Manuela war zu jener Zeit ebenfalls zwölf Jahre alt und Sebastian hatte sein Herz gänzlich an sie verloren.

Dass er ohnedies allmählich flügge wurde, bewies unter anderem die Tatsache, dass Sebastian nachmittags jetzt schon mal öfter mit dem Bus in diejenige Stadt fuhr, wo er die Schule besuchte, womit sich sein Aktionsradius zu vergrößern begann. Wie jede Stadt besaß auch diese einen Stadtpark mit kleinen Teichen und Enten darin. Was Sebastian jedoch wesentlich mehr faszinierte als diese Wasservögel, war eine ganz andere Art von Vögeln. Chronologisch lag man am Beginn der siebziger Jahre, und so fanden sich in der frühen Dämmerung tagtäglich verschiedene Grüppchen langhaariger Freaks mit Hippie-Klamotten wie stark geflickten Jeans oder abgetragenen Fellmänteln in diesem Park ein, welche ziemlich eng zusammenstanden und aus deren Mitte vielsagende Rauchwolken gen Himmel stiegen. Wenn der junge Sebastian dieses Treiben jetzt noch quasi aus sicherer Entfernung beobachtete und es nicht recht zu deuten vermochte, so wusste er doch instinktiv, dass da eine neue Zeit begonnen hatte.

Der Umzug in eine andere Stadt brachte bald tief greifende Veränderungen für Sebastian mit sich. Mit dem Wechsel des Wohnortes wechselte auch die Schule, wechselten die Freunde. Und diese neuen Freunde hatten wiederum einen anderen Musikgeschmack.

Sebastians Vater, früher ohnehin nie zu Hause, verabschiedete sich in der neuen Stadt endgültig von der Familie. Mit anderen Worten war die neue Lebenssituation erneut zum Abgewöhnen und Sebastian somit auch in der neuen Umgebung geradezu angewiesen auf gute Rockmusik, die allein ihn vom öden Alltag zu befreien vermochte.

In diesem Zusammenhang besuchte er sein allererstes Konzert. Es handelte sich um die niederländische Band Ekseption mit ihrer damals recht populären Synthese aus Klassik und Rockmusik. Da niemand mit ihm zu der Show

18

gehen wollte, fuhr Sebastian mit seinem violetten Klapp-fahrrad eben alleine zur städtischen Festhalle. Damals konnte er noch nicht ahnen, wie häufig er auch in späteren Jahren ohne Begleitung Konzerte besuchen sollte, weil es für ihn nun einmal wichtig war und er deshalb konsequent alleine die Initiative ergreifen musste.

Im Keller der besagten Halle fand zu Beginn der siebziger Jahre einmal pro Woche ein Jazzabend statt. Dort traten dann immer irgendwelche Jazzbands auf und für das an der Abendkasse verlangte kleine Geld konnte auch Sebastian ein paar Mal diese Veranstaltungen besuchen. Dennoch hatte er zum Jazz nicht das rechte Verhältnis, weil diese Musikrichtung mit ihrer fehlenden Wärme ihn schlichtweg nicht erreichte, außer wenn zum Beispiel auf der „Space In Time" von Ten Years After mal eine kleine Prise davon geboten wurde. Sebastian wurde vielmehr von der dortigen Atmosphäre angezogen, bei der man die Musik ziemlich laut spielte und ein dichter Nebel von Zigarettenqualm die ganze Szene nahezu unsichtbar erscheinen ließ. Man konnte die Luft im wahrsten Sinne des Wortes mit der Hand zerteilen. Überall in der Dunkelheit hingen irgendwelche Leute herum und rauchten, lauschten der Musik oder unterhielten sich, soweit dies eben möglich war. Das Ganze hatte in der Tat noch etwas vom Hauch der sechziger Jahre an sich. Sebastian realisierte später, dass er an diesem Ort die vermutlich letzten Schwingungen von so etwas wie einer Existenzialistenszene miterleben durfte - wenn es so etwas in seinem rückständigen Städtchen überhaupt je gegeben hatte. Ein Verständnis für kulturelle Darbietungen dieser Art kann man niemandem mit Hilfe von Sprache näher bringen, sondern dies ermöglicht einzig und alleine das Live-Erlebnis und somit eine körperliche Anwesenheit auf Konzerten.

In der neuen Schule saß Sebastian gleich am ersten Tag neben einem der ganz schlimmen Störer mit Namen Arno. Nachdem Sebastian ehrlich, wie er nun mal war, seiner Mutter vom üblen Ruf des neuen Tischnachbarn berichtet hatte, riet diese ihrem Sohn dringend dazu, sich sofort am nächsten Tag wegsetzen zu lassen. Da Sebastian in der neuen Schule ab sofort alles besser machen wollte als bisher, schlenderte er also am nächsten Schultag in der Pause folgsam zum Lehrerpult, um dort eine Umsetzung hin zu einem weniger schlechten Schüler zu erbitten. Genau in dem Augenblick jedoch, in dem Sebastian vor der Klasse stand und mit schüchterner Stimme den Lehrer um diesen kleinen Gefallen bitten wollte, verstummte mit einem Schlage das bis dahin noch so laute Geschwätz der Schüler und es ward Totenstille. Somit durfte Sebastian sein Anliegen also notgedrungen vor der gesamten Klasse mitteilen, womit er prompt höhnisches Gegröle und Gelächter auf sich zog. Dies bedeutete wirklich einen superpeinlichen Einstand! Obwohl er daraufhin neben einen überdurchschnittlich guten Schüler gesetzt wurde, knüpfte er letzen Endes freundschaftliche Bande ausgerechnet zu besagtem Arno, weil sich eben Unglück und Unglück manchmal anziehen.

Ansonsten wurde Sebastian in der Klasse dann doch noch gut aufgenommen und voll akzeptiert. Bereits nach wenigen Tagen schrieb der Klassensprecher kraft seines Amtes ein bestimmtes Wort an die Tafel und verkündete damit feierlich den neuen Namen, welchen er sich für Sebastian netterweise überlegt hatte. Damit wurde Sebastian für etwa ein halbes Jahrzehnt umgetauft und ab sofort „Frumpy" gerufen. Ob der Klassenhäuptling diesen Namen nur mal irgendwo aufgeschnappt hatte oder ob es doch vielleicht eine Verbindung zu der alten deutschen Krautrock-Band mit Inga Rumpf gab, erfuhr Sebastian, fortan „Frumpy", allerdings nie.

Arno hatte es ebenfalls daheim und in der Schule äußerst schwer und interessierte sich insofern folgerichtig ebenfalls für Musik. Seine bevorzugten Scheiben waren zu dieser Zeit gerade diejenigen von Emerson, Lake & Palmer, Atomic Rooster und ähnlichen Bands, für Sebastians Geschmack von der Tendenz her alles ein wenig zu keyboardlastig.

Hier und genau zu diesem Zeitpunkt hörte Sebastian zum ersten Mal in seinem Leben ganz bewusst ein paar Ausschnitte aus der Musik eines irischen Blues-Gitarristen mit dem Namen Rory Gallagher. Es handelte sich unter anderem um das Drumsolo in dem Song „Bullfrog Blues" auf der LP „Live In Europe", im Augenblick gerade das aktuelle Werk dieses Künstlers.

Zum absoluten Hit in diesem Jahr überhaupt sollte jedoch „Darkside Of The Moon" von Pink Floyd aufsteigen. Auch Sebastian legte sie sich zu, und sie lief auch wirklich ständig bei ihm und überall sonst, wo er kam und ging. Die Stones brachten „Angie" heraus in einer Zeit, in der Sebastian sich häufig am örtlichen Jugendheim mit Gleichgesinnten traf, wo alle mit grünen Parkas, langen Haaren, Jeans und Gitarren herumsaßen, völlig teilnahmslos und höchst desinteressiert in die Gegend blinzelten und ab und an mal ein paar Akkorde spielten – zu mehr reichte es sowieso nicht, war aber auch egal. Ein Mädchen mit langen blonden Haaren und grünem Parka allerdings ohne Gitarre saß ebenfalls immer mit dabei und trug natürlich den Namen „Angie" – alles andere wäre völlig uncool gewesen.

Übrigens drehte sich von nun an alles nur noch um Longplayer, also LPs. Singles waren als Transportmedium für aktuelle Hits unter den jugendlichen Freaks inzwischen

21

verpönt. Damit hatten sie als Tonträger ausgedient und gerieten auch bei Sebastian in Vergessenheit.

Häufig genug saßen nun Sebastian und sein neuer Freund in dessen feuchtem Kellerzimmer mit den Spinnen zusammen und hörten wahrhaft progressive Rockmusik auf Arnos vorsintflutlichem Tonband. Natürlich besaß Sebastian lediglich einen Mono-Kassettenrecorder, womit das Tonband schon wieder einem kleinen Konzerterlebnis gleichkam.

Grundsätzlich steckten die Jungs in Sebastians Klasse selbstverständlich alle in einer recht schwierigen Lebensphase. Viele litten unter ständigem Krach und Ärger im Elternhaus und wahrlich erdrückend schlechten Noten in der Schule. Bei diesen andauernden Konflikten bestand der einzige Lichtblick zwangsläufig darin, sich von der Musik berühren zu lassen und irgendwie dem eigenen Rockidol nachzueifern. Von manchen wurde dies dermaßen exzessiv betrieben, dass es Sebastian dann doch nicht nachvollziehen konnte und im Gegenteil sogar als etwas affig empfand. So war zum Beispiel einer von seinen Mitschülern leidenschaftlich bekennender Fan von Schockrocker Alice Cooper. Also versuchte er, diesem auch durch Einübung der Alice Cooper-typischen Showeinlagen nahe zu sein. Das gipfelte in der versuchten Kopie einer Hinrichtungsszene auf dem Dachboden der elterlichen Wohnung, wo der treue Fan Mario sich höchstselbst eine Schlinge um den Hals legte und dabei leider abrutschte – womit sich Alice Cooper für ihn auf Dauer erledigt hatte.

Im Ort gab es eine ziemlich dunkle Kneipe, bei der alle Mütter stark in Sorge gerieten, wenn sie wussten, dass ihre Sprösslinge dort verkehrten. Selbstredend verkehrte Sebastian täglich dort, nicht selten sogar vormittags und sozusagen zur Entspannung abends erneut. Nach der Schule pilgerte man erst mal dorthin und begab sich selbst bei knallendem Sonnenschein draußen in die verrauchte und fensterlose Dunkelheit drinnen, wo etwa zum Klang der soeben erschienenen „Amigos" von Santana alle in irgendwelchen Ecken saßen und vor sich hindümpelten. Manche hingen aus Platzmangel auf der Treppe herum, welche in die obere Etage führte und was den italienischen Inhaber dieser ehrwürdigen Räucherhöhle jedes Mal zu mittelschweren Beschimpfungen seiner wenig konsumierenden Gäste hinriss. Man konnte nämlich dort auch Pizza bestellen, und es kam auch ab und an vor, dass sich jemand eine bestellte. Zu diesem Zweck musste der kleine und sympathische Italiener dann erst mal mühsam die halb liegenden, langhaarigen Geister auf den Treppenstufen verjagen, um zumindest schon mal Besteck für den hungrigen Gast heruntertragen zu können – dauerhaft ein mühsames Unterfangen und nicht geschäftsfördernd.

Für Sebastian waren die regelmäßigen Besuche des Lokals insofern mit einem altbekannten Dilemma verbunden, als er natürlich mal wieder überhaupt kein Geld besaß. Aus diesem kühlen Grunde konnte er sich wirklich und überhaupt nur ein einziges kleines Glas Bier pro Woche leisten und dies bei nahezu ständigem Aufenthalt in dem Lokal! Genüsslich bestellte er sich das dann immer freitags, nachdem er wieder mal eine anstrengende Woche hinter sich gebracht hatte.

Dort gab es Gestalten, deren Körper vom Drogenkonsum schon reichlich mitgenommen waren und die noch nicht mal mehr in der Lage waren, ihren Kopf leicht im Rhythmus der coolen Musik zu bewegen, welche ununterbrochen den Lautsprechern entströmte. Es gab einen Junkie, der sich von seinem Stuhl erhob und auf demselben eine Pippilache hinterließ, weil er sich offensichtlich auf bestimmte Vorgänge in seinem Körper nicht mehr verlassen konnte. Es gab Leute, deren Erscheinen man wie jeden Tag

23

erwartete, weil sie wie man selbst eben einfach immer dort rumlungerten, die dann aber plötzlich wegblieben und von denen man bald darauf hörte, dass sie die Kneipe nicht mehr betreten würden, weil sie sich nämlich mal eben eine Überdosis gespritzt hatten. Einer ganzen Reihe von trüben Gestalten mit dünnen, langen Haaren eilte der Ruf voraus, dass sie mit ziemlicher Sicherheit niemals das ferne Alter von dreißig Jahren erreichen würden. Allerdings dachte man ohnehin nur in begründeten Ausnahmefällen an das Überspringen dieser magischen Grenze. Schließlich war sie von Leuten wie Jim Morrison, Jimi Hendrix, Janis Joplin, Brian Jones oder Paul Kossoff ebenfalls nicht erreicht worden. Auch Marc Bolan war dadurch knapp gescheitert, dass seine Freundin ihren Mini Cooper an einem nebligen Londoner Septembertage mit ihm auf dem Beifahrersitz gegen einen Baum fuhr. Sie überlebte schwer verletzt, er leider nicht.

Für Sebastian und Arno kam es schließlich, wie es kommen musste: Sie flogen gemeinsam von der Schule.

Damit standen beide vor dem Scherbenhaufen ihrer Existenz, jetzt noch deutlicher als früher. Also hörten sie Musik den ganzen Tag und fuhren zur Erholung mit dem Paddelboot auf einem nahe gelegenen See an einem schwülen Sommermorgen. Dieser Morgen hätte eigentlich sehr schön werden können, wenn nicht das neue Schuljahr gerade ohne sie begonnen hätte und die beiden Musikliebhaber zu allem Unglück auch noch versehentlich gegen ein größeres und in voller Fahrt befindliches Touristenboot mit entsetzten Passagieren geknallt wären, wobei unsere Helden um ein Haar abgesoffen wären.

In demselben Sommer liefen Sebastian und Arno bei sengender Hitze den halben Tag eine Autobahnbaustelle entlang, rauchten eine ganze Schachtel Camel und - unterhielten sich dabei über gute Musik.

Es wurden Poster gesammelt und an die Wand geklebt und Instrumente bestaunt, wenn man an einem Musikgeschäft vorbeikam. Während Arno dem Schlagzeug sehr viel abgewinnen konnte, galten dagegen Sebastians Sympathien wirklich von Anfang an der Gitarre. Kurz vor dem im Grunde unvermeidlichen Schulabgang hatte Sebastians Mutter den Lehrer mit sorgenvoller Miene gefragt, wie denn die Leistungen des Sohnes noch in letzter Minute sinnvoll gesteigert werden könnten, um vielleicht doch noch das überlebensnotwendige Leistungsniveau der Klasse zu erreichen. Es muss sich um eine ziemlich eindeutige Auskunft gehandelt haben:

„Der Junge braucht ein Hobby."

Umgehend wurde Sebastian von seiner Mutter darüber informiert.

„Welches Hobby hättest du gerne?"

„Ich möchte eine Gitarre", antwortete Sebastian, ohne lange zu überlegen.

Kurze Zeit später nannte er eine akustische Gitarre sein eigen. Zusätzlich erhielt er einmal pro Woche eine Stunde Unterricht. Viel Freude bereitete ihm dieser allerdings nicht. Für immer in Erinnerung blieb Sebastian stattdessen die damalige erklärte Lieblingsscheibe seines Gitarrenlehrers, nämlich „The Turning Point" von John Mayall, von welcher dieser ihm unaufhörlich vorschwärmte. Obwohl Sebastian sie wegen ihres deutlichen Jazzeinschlages nicht mal sonderlich mochte, erinnerte sie ihn später immer, wenn er sie irgendwo hörte, an jene seltsame Zeit.

Wie genial „The Turning Point" eigentlich ist, verstand er wirklich erst, als er schon um die vierzig Lenze zählte.

25

Die Zeiten bleiben hart

Zunehmend litt Sebastian unter seiner ewigen finanziellen Misere. Vom regelmäßigen Konsum aktueller Musik schloss sie ihn praktisch aus, da er sich neu erschienene Platten schlicht und einfach nicht leisten konnte. Durchschnittliche Aufnahme-Kassetten für seinen durchschnittlichen Kassettenrecorder aus dem örtlichen Supermarkt waren das Einzige, was er zu finanzieren in der Lage war. Damit blieb er immer angewiesen auf gute Freunde, die auch wirklich so gut waren, ihm ihre neuen Platten auszuleihen.

Das brandaktuelle Werk der deutschen Band Atlantis mit dem Titel „It`s Getting Better" - Wann endlich? fragte sich Sebastian immer, wenn er den Titel las - war ihm soeben netterweise von einem Schulfreund zur Verfügung gestellt worden. Sebastian sah gerade vor sich die neue Scheibe auf dem häuslich-tragbaren Uraltplattenspieler rundlaufen. Soeben hatte er seinen Recorder angeschlossen und eingeschaltet, womit die ersehnte Aufnahme beginnen konnte. Plötzlich krachte von oben ein kleiner Hängeschrank genau auf den Plattenspieler und damit auf die neue Atlantis-Platte – der Schrank hatte sich aus der preiswert verputzten Wand gerissen, in welcher er nur mangelhaft befestigt gewesen war.

Mit denkbar schlechtem Gewissen, jedoch finanziell niemals in der Lage, jemals eine Ersatz-Atlantis kaufen zu können, händigte Sebastian die ausgeliehene Platte an ihren Besitzer aus mit den Worten, dass eben leider ein Schrank auf sie draufgefallen war. Der Besitzer nahm die stark demolierte Platte mit verständlicherweise ungläubigem Blick wortlos entgegen, jedoch ohne ausdrücklich einen Ausgleich für den Schaden zu verlangen. So etwas vergaß Sebastian ihm nie. Immer würde er ihm dafür aufrichtig dankbar sein.

Zusätzlich zu diesem Missgeschick war ihm von seinem Vater per Telefon über die Mutter ein ganzes Jahr Hausarrest verordnet worden, um schulisch zur Besinnung zu kommen. Sein Vater als Legislative hatte sozusagen der Mutter als Exekutive Anweisung erteilt, welche durch sie umgehend vollzogen werden sollte. Und leider auch wurde. Wenigstens erlaubte sie nach einer Weile ihrem arg gebeutelten Filius zumindest, in der Stadt den kompletten Wocheneinkauf von Lebensmitteln für die ganze Familie zu tätigen, womit sich schon wieder neue Perspektiven eröffneten. Wenn Sebastian nämlich infolge des unseligen Hausarrestes auch prompt seiner Freundin verlustig gegangen war, so gab es doch andere hübsche Mädchen und zwar in dem Jugendheim, welches in der Innenstadt täglich seine Türen geöffnet hielt. Dort wartete schon bald eine neue Freundin auf Sebastian, der dann jedes Mal schwer bepackt mit Einkaufstaschen zum Rendezvous erschien und mal wieder den Lacher auf seiner Seite hatte. Dennoch ließen sich glücklicherweise Mittel und Wege finden, um zumindest weiterhin zarte und doch so empfindliche Bande der Liebe zu knüpfen.

Die pädagogische Maßnahme des einjährigen Hausarrestes erwies sich im Übrigen als gänzlich ungeeignet, da Sebastian es unter deutlicher Missbilligung schlichtweg ablehnte, aufgrund einer solchen Einengung seiner Freiheiten jetzt mehr zu lernen.

Bald nahte mal wieder Weihnachten. So wie eigentlich immer, aber doch nicht mehr ganz wie zu Kinderzeiten warteten Sebastian und seine beiden Geschwister geduldig und zugleich aufgeregt in ihren Zimmern, während das

Christkind, also ihre Mutter, im Wohnzimmer die Bescherung vorbereitete.

„Ich muss dem Christkindchen noch ein wenig helfen." lautete jedes Jahr die offizielle Begründung für dieses Warten. Der Zeitpunkt, an dem jene Hilfe nicht mehr notwendig war und somit die Bescherung endlich stattfinden konnte, wurde traditionell durch das Klingeln einer kleinen Glocke am Weihnachtsbaum verkündet. Wie ließ dagegen die weihnachtliche Freude der Mutter nach, als lediglich die Tochter des Hauses aus ihrem Zimmer erschien und die beiden Jungs dem festlichen Orte fernblieben! Um die lange Wartezeit zu überbrücken, hatte nämlich Sebastian seinem jüngeren Bruder schon mal das überragende Album „On The Boards" von Rory Gallaghers ehemaliger Band „Taste" vorgespielt. Dabei musste die kleine Weihnachtsglocke lautstärkemäßig klar verlieren und die beiden den Zeitpunkt für die Bescherung ganz ohne böse Absicht verpassen.

Jemand von Sebastians Freunden, der sich immer reichlich Platten kaufte, war Michael. Dass sein Vater als Unternehmer gutes Geld verdiente, nützt einem nicht immer, wie auf recht überzeugende Weise das Beispiel Sebastians bewies, dessen Vater schließlich den in der Regel einträglichen Beruf eines Gynäkologen ausübte. Michael jedoch besaß ein Auto und sogar eine größere Plattensammlung. Bei ihm konnte Sebastian „Lynyrd Skynyrd" finden, die „Allman Brothers", „Outlaws" und eine ganze Reihe weiterer amerikanischer Bands mit nie enden wollenden Gitarrensoli, welche Sebastian alle dringend in seiner Sammlung benötigt hätte und die er sich hier wenigstens ausleihen konnte, wenn und wann er nur wollte.

In einem Traum saß Sebastian mal auf seinem Bett und hatte vor sich auf dem Boden ein friedliches Kerzenlicht brennen. Plötzlich kippte hinter ihm die Wand weg und der gesamte Fußboden krachte ein, so dass er sich eine Etage tiefer bei seinem Nachbarn auf dem Boden sitzend wieder fand – eine wahre Horrorvorstellung. Erst ganz allmählich wurde ihm bewusst, dass die Kerze vor ihm noch immer brannte und vor allem rechts von ihr sein Recorder mit zwei Boxen sowie den ganzen Kassetten stand. Außerdem lief auch immer noch dieselbe Musik, nämlich „If I Could Do it All Over Again, I`d Do it All Over you" von Caravan. Damit war er wieder auf den Boden der Tatsachen, *seiner* Tatsachen zurückgekehrt, der Traum war vorüber und das war auch gut so!

Ein anderer Freund hieß Felix und war nicht nur im Besitz einer Sammlung von sage und schreibe zweihundert Schallplatten, sondern ihm gehörte sogar noch eine elektrische Gitarre. Das war wieder etwas völlig Neues für Sebastian. In Felix` Zimmer lebte die Musik. Alles war gitarrenorientiert, es gab Jimi Hendrix, Johnny Winter, Eric Clapton und überhaupt die wildesten Flinkefinger, also natürlich auch Alvin Lee mit seinen Ten Years After, alle Gitarrenhelden schön alphabetisch sortiert. Auch Steve Hillage lernte Sebastian hier kennen, genauer gesagt: Musik von Steve Hillage, aber das war sowieso ein und dasselbe.

Felix war ein richtig netter Kerl, noch dazu mit wilder Lockenpracht, bei der man gar nicht anders konnte als sich an Jimi Hendrix zu erinnern. Seltsamerweise hatte er jedoch nicht viele Freunde, sondern verbrachte anscheinend den größten Teil seiner Zeit zu Hause. Beide kamen sich näher, und schon bald nahm Sebastian ihn mit zu seinen anderen Freunden, wo naturgemäß viel gefeiert und dabei natürlich ununterbrochen Musik gehört wurde. Alles andere wie Schule, Arbeit oder Zukunft schien nebensächlich. Und so fühlte sich auch Felix schnell wohl und geborgen.

Nach dem sehnsüchtig erwarteten Ende der Schulzeit trennten sich die Wege von Felix und Sebastian. Sie verloren sich irgendwie gänzlich aus den Augen, weil jeder eben mit seinen eigenen Dingen beschäftigt war, wie es so geht.

Als Sebastian dreizehn oder vierzehn Jahre zählte, war mal ein Mädchen an Leukämie gestorben, mit dem er eine Beziehung unterhielt oder was man zu jener Zeit eben Beziehung nannte. Das war damals irgendwie ein komisches Gefühl. Weil aber die Phase der engeren Verbindung zwischen beiden schon eine Weile zurück lag und im Übrigen ohnehin nicht so lange angedauert hatte, hielt sich Sebastians Trauer in Grenzen.

Bei Felix handelte es sich dagegen um den ersten von Sebastians echten Freunden, den er sehr mochte und der nicht alt wurde. Felix stieg nämlich auf härtere Drogen um, bekam psychische Probleme und saß zuletzt weltentrückt und in sich gekehrt tagelang am Ufer eines schmutzigen Tümpels, ohne von dem Geschehen um sich herum noch wesentlich Notiz zu nehmen. Nachdem er seinen letzten Willen kundgetan hatte, dass man nämlich seine Asche in diesen ohnehin ziemlich verlandeten Tümpel werfen sollte, schmiss er sich am bösen Ende vor einen Zug. Davon hörte Sebastian allerdings erst später, zumal es ihn mittlerweile aus Gründen des Studiums wieder mal in eine andere Stadt verschlagen hatte. Felix war damit nie über die Grenzen seiner langweiligen Heimatstadt hinausgekommen. Vielleicht hörte er aber nun irgendwo anders Johnny Winter, Jimi Hendrix und Eric Clapton. Sebastian zumindest wünschte ihm dies sehr.

Auch die anderen Freunde, die ihm immer bereitwillig und verständnisvoll alle Scheiben geliehen hatten, sah Sebastian nie wieder. Im anderen Falle hätte er sich gerne bei ihnen bedankt. Wenn man tausend Platten sehr dringend benötigt und einem null Kohle zur Verfügung steht, dann ist das ein bitteres Leben.

Grundsätzlich stellt der regelmäßige Erwerb neuer Platten durchaus eine Form der Sucht dar, allerdings nicht im Sinne blinden und unüberlegten Konsums, ständig etwas Neues im Regal haben zu müssen.

Sebastian besaß zufällig kein Regal für seine Platten.

Vielmehr entsteht die brenzlige Situation einzig und allein dadurch, dass ab und an, im Prinzip ziemlich regelmäßig Platten veröffentlicht werden, die so gut sind, dass man sie als Fan einfach haben *muss*. Dies mag verstehen, wer will, es hat einfach etwas zu tun mit der Liebe zur Musik.

In einer Hinsicht gelang Sebastian dann doch eine Annäherung an das wahre Musikgeschehen. Mit Freunden, von denen einer ein altes Auto besaß, wurde nämlich der Besuch eines Konzertes geplant. Es handelte sich um das Pop-Meeting in Mönchengladbach im Mai 1978, ein Festival mit überwiegend unbekannten Bands, aber immerhin mit der niederländischen Bluesrock-Truppe Livin` Blues. Das war schon mal etwas Besonderes, zumal als Managerin dieser Band die Mutter eines der Bandmitglieder galt, welche mit Argusaugen im Hintergrund und scheinbar ohne jede Begeisterung für die Gitarrenkünste der Jungs das Geschehen auf der Bühne verfolgte.

Auch die aus Mönchengladbach stammende und damals recht populäre Band Wallenstein trat dort noch in der ursprünglichen Besetzung auf. Schon im November desselben Jahres würde Sebastian Wallenstein am selben Ort erneut live erleben, allerdings in veränderter Besetzung und in völlig kommerziellem Stil, der den alten und eingefleischten Fans das Blut in den Adern gefrieren ließ. Und den Hauptmann der Truppe Jürgen Dollase würde er viele Jahre später sogar im Fernsehen wieder sehen: als Feinschmecker auf Restaurantebene!

31

Überhaupt nahte in Hinsicht auf Konzertbesuche nun endgültig der Durchbruch. Bei der ersten wirklich ganz großen Sache handelte es sich um das Rockpalast-Festival in der Essener Grugahalle, welches sogar live im Fernsehen übertragen wurde. Für Sebastian nahezu unbegreiflich, trat dort außer Peter Gabriel und Paul Butterfield der von ihm ewig angebetete Alvin Lee mit seiner damaligen Band Ten Years Later auf.

Unglücklicherweise gab es nach diesem tollen Festival ein paar Probleme mit der Heimreise, weil sie zwar mit zwei Autos angekommen waren, der Fahrer des einen Wagens jedoch plötzlich vollkommen betrunken auf der Kühlerhaube seines alten Fords lag und keinen Ton mehr von sich geben wollte. So musste er zunächst mal kurz ins Krankenhaus gebracht werden, bevor die anderen schließlich mit sechs Leuten im blattgrünen Opel Manta von Sebastians Freundin mitten in der Nacht übermüdet, aber sehr glücklich die Heimreise antreten konnten.

Ende des Jahres sah Sebastian Eric Clapton, welchen er ebenfalls anbetete. Daher war es für ihn auch unbegreiflich, dass eine ganze Reihe von Leuten bereits nach dem Vorprogramm den Saal verließ und nach Hause fuhr, offensichtlich überhaupt nur wegen dieses Vorprogramms erschienen war. Sebastian sollte dies erst Jahre später verstehen. Clapton hatte nämlich damals eher seine Sauf- und Drogenzeit denn eine musikalisch starke Phase, was einem wirklichen Fan beim ersten Mal live natürlich von Herzen gleichgültig ist. Allerdings trat im Vorprogramm ein farbiger Musiker auf, den Sebastian mit seinen neunzehn Jahren noch nicht kannte, den er jedoch an diesem Abend erleben durfte. Es handelte sich um keinen geringeren als den legendären Muddy Waters.

Es folgten weitere Konzerte. So sah Sebastian zum Beispiel ein Jahr später innerhalb von nur drei Wochen Police und die Dire Straits jeweils auf denselben Festivals. Beide Bands waren damals noch relativ neu und insofern darauf angewiesen, fleißig durch die Lande zu touren, um ihren Bekanntheitsgrad wirksam zu erhöhen - was ihnen am Ende ja auch gelingen sollte.

Wenige Tage vorher hatte Sebastian noch beim allabendlichen Umtrunk an der Theke der heimischen Kneipe gestanden, als ein Freund dazu kam und aufgeregt berichtete.

„Hi! Eben habe ich im Radio einen neuen Song gehört: `Sultans Of Swing` von den Dire Straits. Absolut super die Scheibe, ist in der Schweiz gerade auf dem ersten Platz der Charts gelandet. Kennt ihr die?"

„Nö. Wieso?"

Auf diese Weise erfuhren alle das erste Mal von dieser neuen Band. Schließlich gehörten die letzten Jahre der Siebziger dem Punk. Dies hatte zur Folge, dass jeder gitarrensüchtige Freund der Rockmusik längst seine Vorhänge runtergelassen hatte, mit nichts Gutem mehr rechnete und musikalisch früheren Zeiten nachweinte, welche ohnehin nicht mehr zurückkommen. Und da fielen die Dire Straits mit ihrem wirklich erfrischenden Sound wie ein warmer Regen auf das seit Jahren dürstende Rockfolk. Zumal die allerersten Töne des Debütalbums auch noch Erinnerungen weckten an den frühen Peter Green.

Bei Peter Tosh in den Niederlanden gab es auf dem Open Air pünktlich vorher ein mächtiges Gewitter, so dass alle schleunigst ihre Decken einrollen mussten und Sebastian genau zum Konzertbeginn in der ersten Reihe stehen konnte. Bei Patti Smith und Johnny Winter in Essen war Sebastian ebenso müde wie anscheinend Patti Smith und hatte anschließend an dieses Konzert nicht mehr allzu viele Erinnerungen. Udo Lindenberg sah er in Aachen mit Helen Schneider im Vorprogramm, und zu Mothers Finest in Essen trampte er hin.

Als The Who in Essen mit den Grateful Dead zusammen spielten, war er nach vielen Stunden irgendwann in dieser Nacht wieder so geschafft, dass er es sich in der Pause auf irgendeiner der vielen am Boden herumliegenden Jacken bequem machte und wirklich mitten in der Halle eine halbe Stunde fest schlief. Zumindest hatte er später den Eindruck.

Santana und Nils Lofgren besuchte er und Peter Tosh ein zweites und letztes Mal. Einbrecher waren nämlich in dessen Haus eingedrungen und wollten ihn zwingen, all sein Geld herauszurücken. Er hatte entschieden mit „No!" geantwortet und war daraufhin ebenso entschieden erschossen worden.

1982 fuhren Sebastian und seine Freunde mit einem alten Opel Diplomat nach Hannover das erste Mal zu den Rolling Stones. Das war eine schöne Fahrt. Am meisten wünschte Sebastian sich den Song „Under My Thumb" von den Stones – es wurde dann gleich der Eröffnungssong bei dieser Riesenshow, in deren Vorprogramm mutig Peter Maffay aufgetreten, allerdings mit Tomaten bombardiert worden war, weil ganz offensichtlich niemand Peter Maffay als Vorprogramm der Stones sehen wollte.

Joe Cocker erlebte er in Düsseldorf und bei Neil Young in Köln hatte seine Freundin Sandy Angst, weil der Star sich mit einer seltsamen schwarzen Sonnenbrille unter das Publikum mischte und noch seltsameren computergestützten Sound lieferte, den keiner hören wollte und wofür er von seinen alten Fans dann auch reichlich Pfiffe über sich ergehen lassen musste.

Danach kam an Konzerten lange Zeit erst mal nichts. Das heißt, es kam doch noch etwas - und zwar der Einberufungsbescheid zum Militärdienst. Für alle jungen Männer in diesem Alter, die so dachten wie Sebastian, eine höchst unangenehme Sache.

Vom Fan zum Profi

Mit dem Übergang von der Schule zur Universität ging auch eine Änderung des Lebensstils von Sebastian einher. Die heimatliche Gegend, welche nie seine Heimat gewesen war, ließ er im wahrsten Sinne des Wortes hinter sich, indem er seinen Wohnsitz erneut in eine andere Stadt verlegte, wo er wiederum neue Menschen kennen lernte. Außerdem konnte er auch regelmäßige Geldeingänge auf seinem nun eigenen Konto verzeichnen. Miete und Kosten für seine Lebensführung brachte Sebastian locker zusammen, weil seine erste eigene Wohnung ziemlich klein und kalt war und noch dazu unmittelbar unter dem Dach lag. Dort durfte er also jedes Mal im Sommer gut schwitzen und im Winter böse frieren. Mit dem bürgerlichem Konsumdenken und -verhalten hatte Sebastian rein gar nichts am Hut, abgesehen von den notwendigen Plattenneuerscheinungen selbstverständlich. Dafür schuftete er in einer Autofabrik, am Fließband in einer Fernseherfabrik, schaufelte tagelang Dreck in einer Müllverbrennungsanlage und nahm bereitwillig an, was ihm sonst noch an attraktiven Jobs geboten wurde.

Auf dem Bau musste er mal einen ganzen Haufen Steine von einem Raum in den anderen schleppen, bis seinem gutmütigen, aber leider nicht ganz so hellen Kollegen auffiel, dass sie an der alten Stelle doch besser gelagert waren und Sebastian die ganze Ladung wieder zurücktragen durfte.

Wenn er etwa um sechs Uhr morgens irgendwo zu einer schönen Frühschicht antreten sollte, stand Sebastian nicht selten bereits um halb fünf auf, weil er es liebte, nicht nur ganz in Ruhe zu frühstücken, sondern dabei auch noch ein komplettes Album etwa der Jefferson Airplane von Anfang bis Ende hören zu können, sozusagen als optimalen Start in den neuen Tag.

Sebastian fuhr auch nicht so häufig in Urlaub wie andere Studenten und ermöglichte sich dadurch einen gewissen Lebensstandard mit gewissen Ersparnissen, welche ihn nicht nur nachts ruhig schlafen ließen, sondern eines Tages sogar in die Lage versetzten, ein kleines Auto zu fahren.

Auf dem Gelände von Sebastians Uni gab es mal eine alte Mensa, die bereits seit vielen Jahren ungenutzt blieb und einfach leer stand. Diesen Zustand änderten die Studenten, indem sie kurzerhand die Räumlichkeiten übernahmen und die nächste schöne Party feierten. Sogar eine Band spielte bei dieser Gelegenheit auf, und Sebastian durfte natürlich auch hier nicht fehlen.

Dass es in der Halle keinerlei Strom und somit auch kein Licht gab, fiel den meisten erst auf, als die unvermeidbare Dunkelheit über sie hereinbrach. Da dieselbe für Sebastian und ein paar enge Freunde schon etwas früher begonnen hatte, beabsichtigten sie aus Gründen der Bequemlichkeit gleich an diesem schönen Orte zu übernachten, denn es war ja Sommer. Außerdem hätten sie vermutlich den Heimweg ohnehin nicht mehr gefunden, aber das ist ein anderes Thema. Jedenfalls beschloss Sebastian, für sich und alle anderen in der unteren Etage noch schnell einen Schlaftrunk zu besorgen.

Als er erwachte, konnte er nur mit seinem linken Auge etwas erkennen. Nach einigen unbeholfenen Tastversuchen stellte sich schnell heraus, dass das rechte gänzlich zugeschwollen war.

Nur langsam realisierte Sebastian, wo er sich überhaupt befand. Beziehungsweise half ihm der Mann im weißen Kittel etwas nach, der wohl nicht zufällig gerade vorbeischaute und von Beruf Arzt war. Er lag nämlich mit einer dicken Gehirnerschütterung und schwersten Gedächtnislücken im Krankenhaus.

Später erfuhr Sebastian, dass er am Abend zuvor über das Treppengeländer des oben erwähnten Gebäudes eine Etage tiefer gefallen und unten gleich neben der Steintreppe auf dem Marmorboden aufgeschlagen war. Nicht viel hätte gefehlt und Sebastian wäre auf die steinerne Treppe geknallt. Und vermutlich von dort nie mehr aufgestanden.

Unterdessen hatten in besagter Nacht seine beiden Freunde oben auf ihrem bescheidenen Nachtlager ganz allmählich nicht nur ihren Nachttrunk sehr, sondern auch Sebastian etwas vermisst. Als sie nach beiden zu suchen begannen, war alles stockdüster und sie sahen sich gezwungen, auf der unteren Etage im Dunkeln auf allen Vieren herumzukrabbeln, um mehr oder weniger blind nach Sebastian zu tasten. Dass die Suche wenigstens nicht vergebens blieb, bewies die Tatsache, dass Sebastian heute in diesem schönen Krankenhausbett aufwachen konnte. So hat eben alles Missliche irgendwie auch immer seine angenehme Seite!

Einer seiner beiden Freunde, die ihn in der nächtlichen Finsternis unter der Steintreppe hervorgezogen hatten und mit dem er später dann auch mal ein Pink Floyd-Konzert besucht hatte, wurde später beim Anschauen einer Fußballübertragung auf seinem Sofa gefunden, wo er nach vorne zusammengesunken saß und schlicht und einfach tot war. Woran es gelegen hatte, erfuhr Sebastian nie so richtig. Obwohl sie sich nicht mehr so oft gesehen hatten, beklagte Sebastian dennoch erneut den Verlust eines Freundes, von dem ihm nicht mehr geblieben war als eine einzelne Pflanze. Die goss er ihm zum Andenken nun immer schön regelmäßig.

Jeder musikbegeisterte Junge träumt irgendwann davon, in einer Band zu spielen. Sebastian hatte in frühester Jugend mal mit zwei oder drei anderen an einem Gründungstreffen teilgenommen, bei dem man verabredete, irgendwas in dieser Richtung zu unternehmen. Bei solcherlei abstrakten Äußerungen war es damals allerdings geblieben.

Dann gibt es noch einen anderen Traum, der einen musikalisch fanatischen Jugendlichen häufig beschäftigt. Es handelt sich um den Wunsch, mal in einem Plattenladen zu arbeiten und wirklich den lieben langen Tag gute Musik von Berufs wegen hören zu können. Unter den Stellenanzeigen in der Tageszeitung fand sich auch wirklich mal eine solche Ausschreibung, auf die Sebastian sich flugs gemeldet hatte, handelte es sich doch sogar um seinen Lieblingsladen, in dem er sich auskannte, in welchem er ohnehin ständig verkehrte und aus seinem Ordnungssinn heraus sogar nicht selten in den Regalen die Platten geraderückte. Er tat dies, obwohl der dort arbeitende und ohne Zweifel verantwortliche Typ die grauenhafte Unfreundlichkeit in Person war. Ihn nur zu sehen, konnte einem bereits die Laune für den Tag verderben.

Das Bewerbungsgespräch, zu dem Sebastian dann eingeladen wurde, führte ein anderer mit Namen Claudius, ein ruhiger, gemütlicher und überhaupt sehr sympathischer Kollege. Er saß Sebastian in einer kleinen abgetrennten Ecke dieses Plattengeschäfts gegenüber und stellte bohrende Fragen nach Sebastians musikalischen Interessen, versuchte ihn auch geschickt auf vermeintlich fremde Felder wie etwa Reggae zu locken. Sebastian kannte sich jedoch nicht nur gut in den verschiedensten musikalischen Stilrichtungen aus, sondern vermochte auch noch genaue Angaben darüber zu machen, wo in diesem Laden welche Musikrichtung zu finden war. Dies hatte offensichtlich einen positiven Eindruck hinterlassen. Jedenfalls entschied man sich für Sebastian als neuen Mitarbeiter und am seither für seine eigene Biographie denkwürdigen 21. Januar 1983 hatte er den ersten Arbeitstag als Schallplattenverkäufer.

Nun wurde er an der Kasse eingearbeitet, im Konzertkartenvorverkauf angelernt und musste vor allem immer viel staubsaugen und seinem gestrengen Vorgesetzten beinahe täglich zur Mittagszeit köstliches Hähnchenschnitzel mit Pommes und Krautsalat besorgen. Während dieses Pommesbudenfutter Sebastian ein Gräuel war, wurde er dafür oft genug mit verächtlichen Kommentaren vonseiten seines unfreundlichen Kollegen bedacht, wenn er seinerseits ein leckeres Leberwurstbrot aus dem Papier wickelte. Da stand Sebastian jedoch weit drüber, schließlich war der Kollege Sebastian bereits seit Jahren bestens bekannt. Immer wenn es nämlich Grund gegeben hatte, sich zu beschenken, also meistens eben zu Weihnachten oder zum Geburtstag oder auch mal zwischendurch, hatte Sebastian die Scheine eingesteckt und war in eben diesen hübschen Laden gefahren. Unter den unfreundlichsten Blicken hatte er dann manchmal bis zu zehn Schallplatten rausgesucht und an die Kasse gebracht. Die Zahl der ausgesuchten Tonträger brachte ihm dann doch mal eine halbwegs freundliche Bemerkung des Verkäufers ein, was natürlich einzig und allein sichtbarer Ausdruck von dessen Freude über den zu erwartenden Umsatz war.

Sowohl die vorgeschobene Nettigkeit als auch die kleinen Freuden eines Verkäufers waren jedoch Sebastian vollkommen gleichgültig. Stattdessen überlegte er bereits fieberhaft, welche seiner Neuerwerbungen sich denn jetzt wohl zuerst auf seinem Plattenteller drehen sollte. Zumindest hatte Sebastian durch seinen neuen Kollegen den englischen Folk-Rocker Ian Matthews kennen gelernt, weil samstags morgens nämlich lange Zeit eine bestimmte

Scheibe dieses Künstlers aufgelegt wurde. Da sowohl Sebastian als ganz offensichtlich auch sein Kollege am Tage zuvor nur sehr schwer den Weg aus ihren jeweiligen Kneipen gefunden hatten, war musikalisch leichtere Kost dieser Art oft das Einzige, was Sebastian an einem solchen Morgen überhaupt ertragen konnte, wenn er als halber Geist neben seinem Kollegen stand und sie sich wie üblich anschwiegen.

Ian Matthews war nie sehr berühmt, entwickelte sich jedoch im Laufe der Jahre zu einem von Sebastians ganz persönlichen Superstars mit seinem wundervoll warmen und fast immer melancholischen Gesang.

Es gab übrigens nur ein einziges Mal Anlass zur berechtigten Kritik an Sebastian in diesem Laden und dies war an einem Samstag, an dem ohne Zweifel viel zu tun war. Plötzlich tauchte jedoch seine Freundin Sandy zum ersten Mal an seiner neuen Arbeitsstelle auf, um ihn zu besuchen. Mit ihr war er lange zusammen gewesen, und sie hatte über eine lange Zeit wirklich zu ihm gehalten – wo gibt es das schon? Diese Beziehung war gerade erst zerbrochen, es handelte sich sozusagen um die äußerst leidvolle Übergangsphase zwischen Zusammen- und Getrenntsein, kurz: Sebastian musste ziemlich dringend ein paar Minuten mit ihr reden. Dafür gab es einen Rüffel und der ging grundsätzlich in Ordnung, weil schließlich der Kollege nichts von der Dramatik ahnen konnte, die an diesem Samstagmorgen in der Luft lag. Ansonsten jedoch arbeitete Sebastian ordentlich und war immer pünktlich und zuverlässig.

Apropos in der Luft liegen. Einen der Kunden sollte Sebastian niemals vergessen, den man allerdings auch wirklich nicht vergessen *konnte*, selbst wenn man gewollt hätte. Es handelte sich um einen kleinen untersetzten Typen, der alle paar Wochen den Laden betrat. Dann ging er, ohne zu grüßen oder nur ein einziges Wort zu sagen, in Ruhe ein-

40

mal an allen Regalen entlang und zog an gerade erschienenen Platten heraus, was ihm gerade zusagte. Nachdem er
seine Runde durch den Laden beendet hatte, legte er
schließlich einen Stapel Schallplatten auf die Theke, der
den Umsatz für den gesamten Tag garantiert sicherte. Das
war natürlich immer sehr angenehm. Weniger angenehm
war hingegen der Geruch, welchen dieser Typ verströmte.
Man konnte dies nicht nur als Gemüffel bezeichnen, sondern es lag ein absolut beißender Gestank in der Luft,
sobald der Typ in den Laden gekommen war und dieser
wollte sich auch absolut nicht verziehen, nachdem der
Überbringer schon längst wieder zur Tür hinausgegangen
war. Selbst wenn sich jemand ein halbes Jahr nicht wäscht,
konnte er immer noch nicht so schlimm riechen! Nun
wusste Sebastian nicht, wann dieser Typ das letzte Mal
Wasser gesehen hatte. Er wusste aber, dass Samstag der
Tag nach dem Freitag war und sich sein Magen daher wie
gewohnt in arg lädiertem Zustande befand. Dies passte mit
dem Gestank gar nicht zusammen. Würgen und Durchhal-
ten war angesagt.

Eine Sache begann Sebastian mehr und mehr zu interes-
sieren und das war die Geschichte mit dem Vorverkauf.
Konzerte bedeuteten Musik als Live-Erlebnis, bedeuteten
das, was er schon lange aus seinen Zeitungen kannte, aber
niemals in dem Ausmaß sich hatte leisten können, in dem
es eigentlich für ihn erforderlich gewesen wäre. Durch den
neuen Job waren ihm da nun Tür und Tor geöffnet. In
diesem Plattenladen wurden nämlich auch Tickets verkauft
und was nicht verkauft worden war, das rechneten sie mit
dem Veranstalter ab. Dazu kamen entweder die kleineren
Veranstalter persönlich ins Haus oder ein Vertreter der
Vorverkaufsstelle musste sich zur Halle am Veranstal-
tungsort begeben, um vor Ort abzurechnen. Bei dieser
Gelegenheit war es damals noch ohne weiteres möglich,

sich auf die Gästeliste des jeweiligen Konzertes setzen zu lassen, wozu ein Anruf genügte. Man ging abends zur Halle, gab sich an der Kasse kurz zu erkennen und schon stand man mitten drin im Getümmel, umsonst und sozusagen professionell.

Sebastian machte ab sofort sehr regen Gebrauch von dieser Möglichkeit, schien er doch endlich da angekommen, wo er immer hingewollt hatte. Selbst größere Veranstaltungen gab es umsonst. So war Sebastian einmal mit seinem damaligen Motorroller an einem stürmischen Oktoberabend über die Autobahn zu ZZ Top unterwegs, während der Wind die vertrockneten Blätter quer über die Bahn jagte und einer seiner Kollegen aus der Musikbranche mit einer Dose Bier gut gelaunt hinter ihm auf dem Sitz hockte. Eine lustige und sorgenfreie Zeit war das.

Bei einem sommerlichen Rockpalast-Festival auf der Loreley mit U2 und Steve Miller sank genau in dem Augenblick, in dem Joe Cocker die Bühne betrat, im Hintergrund eine feuerrote Sonnenkugel hinab zum Horizont. Es war eine geradezu romantische Atmosphäre, welche auf Seiten der Konzertbesucher mit vielen Rauchschwaden untermalt wurde.

Sebastian ließ auch Hardrock- und Heavy Metal-Festivals über sich ergehen, wenn dort jemand auftrat, der Rang und Namen hatte, zumal man dort als V.I.P. auch hinter der Bühne frei herumlaufen konnte – wenn man über die Gästeliste reingekommen war. So erlebte er Jon Lord mit dessen neuerer Band Whitesnake einmal, während er oben auf der Bühne hinter einem Vorhang stand. Dort verbrachte er eine lange Zeit unmittelbar neben Jon Lord und schaute in Ruhe zu, wie diese Legende die Tasten an gleich mehreren Instrumenten bearbeitete. Dabei dachte Sebastian daran, dass dieser Mann immerhin Gründungsmitglied von Deep Purple war.

Ebenso lief irgendwann mal Phil Lynott von Thin Lizzy mit seinem Bass direkt an ihm vorbei, als die Band gerade auf die Bühne klettern wollte.

Von großem Reiz für Sebastian war jedoch die örtliche Veranstaltungshalle. Wenn es sich auch nur um eine kleine Halle handelte, so lief der Vorverkauf in der Regel richtig gut und abgerechnet wurde täglich. Da es Sebastian nicht weit hatte bis zur Halle, brachte er häufig die unverkauften Tickets abends dorthin zurück, so wie eben andere Leute allabendlich in ihre Stammkneipe gehen. Auch an der Theke dieser Konzerthalle schmeckte das Bier gut und so stand er manchmal nahezu jeden Tag dort, trank ein kühles Blondes und lauschte dabei der Band, die gerade auf der Bühne stand und ihr Bestes gab. Oder zumindest versuchte, ihr musikalisches Können vor dem Publikum unter Beweis zu stellen, denn Sebastian musste auch eine Menge Schrott über sich ergehen lassen. Allerdings nahm er dies gelassen, denn sein Bestreben lag darin, alles und jeden mit einem gewissen Bekanntheitsgrad irgendwann mal gesehen zu haben, sozusagen für seine eigene Live-Konzert-Erinnerungs-Sammlung. Und so erlebte er dort Bands wie die englischen Man, die live wirklich immer ihr Geld wert waren, er sah Tina Turner, die im engen Tigerkostüm über die kleine Bühne hüpfte, weil sie zu dieser Zeit gerade nicht so angesagt war. Sebastian erlebte Mitch Ryder, dessen typischer Schrei ihn nur wenig beeindruckte, Jan Akkermann, Uriah Heep, Jack Bruce, Eric Burdon, mal wieder Alvin Lee, aber diesmal solo, Wishbone Ash, Bo Diddley, Chicken Shack und viele, viele andere. Er besuchte Konzerte mit Roger McGuinn, der das ganze Konzert über auf einem Barhocker saß und in seiner sympathischen Art ins Publikum lächelte, zweimal kurz hintereinander Chi Coltrane, die sichtlich Mühe hatte, ihren mittlerweile etwas fülligeren Po mit einem langen T-Shirt zu

43

verdecken, was ihrer wundervollen Ausstrahlung jedoch keinen Abbruch tat, Sebastian liebte sie trotzdem.

Bei dem Konzert der Velvet Underground-Braut Nico spielte im Vorprogramm eine Band mit Namen Kastrierte Philosophen. Leider hatte Sebastian just an diesem Tage eine Examensprüfung in den Sand gesetzt und fühlte sich entsprechend bescheiden. Da waren diese schreckliche Band und Nico mit ihrem grauenhaften Sound wirklich genau das Richtige, um endgültig in tiefe Depressionen zu verfallen. Roy Buchanan, Luther Allison und Al Stewart entschädigten ihn dafür jedoch an anderen Abenden weitgehend.

Durch das ewige Aus- und Eingehen in dieser kleineren Veranstaltungshalle erlangte Sebastian mit der Zeit seinerseits einen gewissen Bekanntheitsgrad und konnte sich schließlich fast überall frei bewegen. So hielt er sich im Büro auf und plauderte dort mit den Bürokräften. Ebenso lief aber auch der eine oder andere Star dort herum oder Sebastian warf im Vorbeigehen einen Blick in die Garderobe, wo die Musiker gerade relaxed auf der alten und vergammelten Couch herumlümmelten. Irgendwann würde er mit jemand anderem in so einer Garderobe zusammenstehen …

Bei einem Blues-Festival in Bonn mit Chicken Shack, Canned Heat, Man und Dr. Feelgood erkannte sich Sebastian später sogar auf dem Foto eines Plattencovers wieder, welches vom Publikum während des Auftritts von Dr. Feelgood aufgenommen worden war. Wenn man dermaßen viel Zeit auf Konzerten zubringt, lässt sich so etwas eben nicht vermeiden.

Die Vertrautheit zwischen Sebastian und seinem schweigsamen Kollegen im Plattenladen währte dagegen nicht allzu lange. Bereits nach wenigen Monaten eröffnete der verehrte Kollege Sebastian, es sei eine personelle Umbesetzung geplant, und er würde demnächst in einer Filiale eingesetzt, welche sich in einer größeren Stadt befände. Am besten gleich morgen sollte er dort anfangen.

Bevor Sebastian dann wirklich am nächsten Tag in dem anderen Laden die Arbeit aufnahm, knallte er mit seinem schönen roten Motorroller erst mal von hinten auf einen Kleintransporter, weil diese neue Stadt nämlich eine richtige Großstadt war und Sebastian sich zunächst einmal restlos verfahren hatte. Dadurch verspätete er sich gleich an seinem ersten Tag. Anschließend etablierte er sich aber auch dort schnell, zumal die anderen Kollegen im Laden diesmal wirklich nett waren.

Dieses Schallplattengeschäft war zweigeteilt und das bedeutete, dass es noch eine erste Etage gab, in welcher die Abteilung für Rockmusik untergebracht war, während unten direkt am Eingang für alle gut ersichtlich die hoffentlich Umsatzfördernden Stilrichtungen einsortiert waren wie das ganze Disco-Zeugs, Film-Musiken, Singles und Chart-Ware, also im Grunde musikalische Eintagsfliegen, welche musikhistorisch allesamt verzichtbar waren. Dagegen hing in der oberen Etage ein Fernsehapparat an der Decke, auf dessen Bildschirm ganztägig Musikvideos liefen. Wenn also dort Ware einsortiert werden musste, übernahm Sebastian dies gerne, weil es für ihn immer so eine heimelige Ruhe mit sich brachte, morgens, wenn noch gar nichts los war, dort oben die Rolling Stones, Grateful Dead, Jefferson Airplane, Byrds oder Crosby, Stills, Nash & Young einzuordnen.

Gerade *weil* es aber so schön ruhig und unbeobachtet in der ersten Etage zuging, mussten die Jungs den ganzen Tag mit Argusaugen darüber wachen, dass nichts gezockt wurde. Um zu gewährleisten, dass bei Kunden, die gerade die Treppe hinunterkamen, nicht die eine oder andere Scheibe in die Tasche gerutscht war, sahen sich unsere Freunde der

Schallplatte somit des Öfteren gezwungen, ihre fachlichen Unterhaltungen im Kassenbereich zu unterbrechen und mit unsicherem Lächeln einzelne Kunden zum Öffnen ihrer Tüten aufzufordern.

Auch die örtliche Drogenszene, draußen auf dem Vorplatz gerne versammelt, entdeckte die Stille und Abgeschiedenheit des oberen Raumes zeitweise für sich, jedoch nur so lange, bis sie merkten, dass sie dort alles andere als in Ruhe gelassen wurden, weil nämlich Sebastian immer direkt hinter vermeintlichen Drogies die Treppe hochstieg. Dadurch fühlten sie sich empfindlich gestört und blieben bald dem Laden fern. Sie versammelten sich wieder ausschließlich draußen auf dem berüchtigten Platz vor dem Schaufenster und wurden - bevorzugt bei schönem Wetter - in gezielten Polizeiaktionen gleich gruppenweise in mehrere dieser beliebten typisch grünen Wannen eingeladen und erst mal zur Wache gekarrt. Für die Jungs an der Kasse bedeutete dies natürlich sogleich wieder etwas zum Hinschauen und Darüberreden.

Eines Tages hörte Sebastian mal gegen Mittag einen sehr lauten Knall unmittelbar in der Nähe des Ladens, wie er ihn zuvor noch nie gehört hatte und von dem er instinktiv sofort wusste, dass es sich hierbei nicht um einen Autounfall oder etwa die Sprengung eines alten Gebäudes handeln konnte. Und in der Tat berichteten bald darauf aufgeregte Kunden den interessierten Schallplattenverkäufern von einer Bombe, welche im nahe gelegenen Kaufhaus hochgegangen war und sogar jemandem den Fuß abgerissen hatte. Die Gründe für diese Tat blieben für immer im Dunkeln, aber Sebastian wusste sehr wohl, dass er erst ganz kurz vorher in der nun verwüsteten Abteilung gewesen war, um für den Laden ein neues Paket Staubsaugerbeutel zu besorgen.

Staub stellte nämlich ein Problem der besonderen Art dar. Einer von Sebastians Kollegen hatte überhaupt nichts gegen Staub, wurde deshalb auch mal böse ausgeschimpft, als der Besitzer des Ladens unangemeldet zu Besuch kam und eine etwa zwei Zentimeter dicke Staubschicht auf der Treppe zur oberen Etage entdeckte. Mit gewohnter Schlagfertigkeit entgegnete Kollege Uli, der Dreck hätte immer schon dort gelegen. Eskalieren musste das Ganze schließlich dadurch, dass einer der anderen Kollegen unter einer argen Hausstauballergie litt.

Zum festen Inventar des Ladens gehörte der dicke Berthold. Keiner wusste so genau, wann er das erste Mal im Record-Shop aufgetaucht war, wo er herkam und was er früher gemacht hatte oder etwa heute arbeitete, worin er überhaupt seine Daseinsberechtigung fand. Sicher war nur, dass es sich bei Berthold um eine absolute Koryphäe in Sachen Rockmusik handelte und das war schließlich das Wichtigste. Berthold wusste alles und kannte jede Scheibe, was unglaubwürdig klingen mag, in stundenlangen Fachdiskussionen jedoch tagtäglich unter Beweis gestellt wurde. Natürlich ging es immer nur um gute und zeitlose Musik, also nie um die neuesten Hits, welche zwar immer während der Unterhaltungen aus den eben angelieferten Kartons ausgepackt, jedoch vor allem von Berthold mit höhnischen Kommentaren bedacht in die dafür vorgesehenen Fächer einsortiert wurden. Wenn Berthold lachte, dann konnte auch Sebastian nicht ernst bleiben. Bertholds Lache war dermaßen gemein und grauenhaft, dass sich oft alle im Laden krümmten über die Witze, die er viel und gerne erzählte.

Berthold war auch in der Lage, nahezu jede gewünschte Scheibe für die privaten Sammlungen der Jungs zu organisieren, weil er offensichtlich viel Zeit auf Schallplattenbörsen verbrachte. Selbst Scheiben, von denen Sebastian noch nie etwas gehört hatte, schleppte Berthold an, wenn er morgens pünktlich nach Geschäftsöffnung mit seinem mächtigen Körper und roten Stoppelhaaren den Laden betrat. Genau wie bei Sebastian lag Bertholds musikalischer Schwerpunkt eher bei der amerikanischen Szene. Und so war es selbstverständlich, dass er öfter morgens Sebastian ultrarare US-Importe überreichte etwa von Jefferson Airplane-Ableger Hot Tuna oder Soloalben vom Jefferson Airplane- *und* Hot Tuna-Gitarristen Jorma Kaukonen. Überhaupt komplettierte Sebastian seine Sammlung solcher Bands und Interpreten oft nur durch Bertholds Hilfe – dies übrigens grundsätzlich für faire Preise. Ihre Beziehung konnte man im Laufe der Zeit durchaus als freundschaftlich bezeichnen. Wenn Berthold auch mal unaufgefordert für Sebastian Platten besorgte wie zum Beispiel zwei Soloalben des überhaupt nicht legendären und gar nicht weltberühmten Sängers von Jefferson Starship mit Namen Mickey Thomas, die so unwichtig waren wie der letzte Hit irgendeiner bescheuerten Disco-Truppe, verlangte er für diese dann auch nur wenig Geld. Und Sebastian musste sie sowieso dringend haben.

Was Berthold privat wirklich trieb, wusste also niemand so genau. Irgendwann sickerte mal durch, dass er des Öfteren bei irgendwelchen Leuten Schulden machte. Mit dem Zurückzahlen ließ er sich dann immer so viel Zeit, dass seine Gläubiger ihm ab einem bestimmten Zeitpunkt gezwungen waren nachzustellen, worauf der dicke Berthold sich seinerseits gezwungen sah unterzutauchen. Offensichtlich war dies häufiger notwendig, denn immer mal wieder verschwand er plötzlich und kehrte erst nach Monaten zurück mit einer tollen Scheibe für Sebastian im Gepäck, als ob wirklich nichts gewesen wäre. Ebenso erzählte Berthold Sebastian mal hinter vorgehaltener Hand, dass er just in diesem Augenblick in seiner Garage dabei wäre, einen uralten und natürlich ziemlich wertvollen Mercedes zu restaurieren. Möglicherweise erzählte er dies als Reaktion darauf, dass ihm etwas zu Ohren gekommen war über Sebastians Leidenschaft für alte Autos. Dies hätte dann gepasst. Allerdings sah man Berthold niemals auch nur in einem Kleinwagen am Steuer sitzen, vermutlich besaß er noch nicht einmal einen Führerschein.

Später bezog Berthold sogar selbst über Sebastian Ware, zu deutsch: Scheiben, weil er nämlich inzwischen seinen eigenen Plattenladen eröffnet hatte. Es handelte sich um einen kleinen Second Hand-Laden, übrigens einen ziemlich unprofessionellen Schuppen, wie Sebastian mal registrierte, als er Berthold dort besuchte. Das Geld für seine Ware blieb der lustige Geselle eines Tages dann auch Sebastian schuldig und so ward er nie mehr gesehen. Später hörte Sebastian mal über andere Leute, dass jemand den dicken Berthold dabei beobachtet hatte, wie dieser Müllsäcke durch den Hintereingang irgendeiner Kneipe entsorgte.

Sebastian fühlte sich also sehr wohl, arbeitete viel, zuverlässig und gerne und fand sogar unter seinen Kollegen neue Freunde, mit denen er erneut fleißig auf Tournee ging, also über die Gästeliste Konzerte besuchte von Deep Purple, Meat Loaf und Mountain in Mannheim, Jethro Tull und Status Quo wieder mal auf der Loreley, Supertramp, Johnny Winter, John Mayall, noch mal Wishbone Ash und wieder mal Roger McGuinn, noch mal Deep Purple, aber diesmal zusammen mit Bad Company in Dortmund. Sebastian sah die Kinks und Hawkwind mit einer ganz tollen psychedelischen Lightshow, wie Sebastian vorher noch nie eine erlebt hatte.

Auf einem Festival mit Sweet spielten auch die Mamas and Papas und Scott McKenzie. Beziehungsweise spielte Scott McKenzie als alter Freund der Band mit den Mamas and Papas wirklich zusammen. Er trat sozusagen auf als „Member of the Band". Immerhin hatte er John Phillips seinen Riesenhit „San Francisco (Be Sure to Wear Some Flowers in your Hair)" zu verdanken. Es war ein wundervolles Konzert, ein Meilenstein in der unendlichen Reihe von Rockkonzerten bei Sebastian. Der Sound stimmte, die Musik war traumhaft, alles ging perfekt zusammen. Und dies, obwohl die einzelnen Musiker kreuz und quer auf der Bühne durcheinander liefen, wenn sie mal gerade nicht singen mussten. Dann hielten sie gleich ein Schwätzchen, lachten und vergnügten sich. Was sich da auf der Bühne abspielte, war genau dieses Hippie-Feeling, welches man sich nicht in Geschichten von früher anlesen oder von anderen erzählen lassen kann, sondern das man einfach erleben muss, um es zu kennen und zu verstehen. Die Mamas and Papas brachten dies von der Bühne runter wie kaum eine andere Band.

Nur wenige Monate später besuchte Sebastian, grundsätzlich offen für alle Stilrichtungen, mit seiner neuen Freundin einen Gala-Jubiläums-Ball. Er hatte sich extra schön angezogen, obwohl dort nicht mehr die Mamas and Papas auftraten. Dafür lächelte nun jedoch Schlagerstar und Schnulzenikone Bata Illic von der Bühne herunter. Sebastians neue Beziehungspartnerin musste dort beruflich hin, also schmiss er sich gebührend in Schale und begleitete sie. Die Qualität der musikalischen Darbietung soll hier nicht beurteilt werden, dennoch war es auf seine Art auch irgendwie ein netter Abend. Sebastian dachte später immer lächelnd daran zurück, wie Bata Illic nach seinem ruhmreichen und unvergesslichen Auftritt anschließend glücklich mit Würstchen und Kartoffelsalat neben Sebastian am Stehtisch vor sich hinmümmelte. Letzten Endes sind doch auch die Künstler arme Würstchen und haben ein schweres

Leben mit Knebelverträgen durch die geldgierige Musik-industrie.

Hit Wave

Die Plattenläden, in denen Sebastian sein Geld verdiente und ununterbrochen Musik hören konnte, wechselten mit den Jahren. Sebastian war fest drin in der Szene und als zuverlässige studentische Aushilfe ist man sowieso überall gerne gesehen. So arbeitete er mal in dieser, mal in jener Stadt als qualifizierter Schallplattenfachverkäufer. Irgendwann wechselte er auch die Firma, welche ebenfalls wieder eine Filiale in einer allerdings lächerlich kleinen Stadt unterhielt. Diese überlebte jedoch nicht sehr lange, weil nämlich einfach überhaupt nie ein Kunde kam. Stattdessen befand sich unmittelbar neben dem Laden eine Metzgerei und dies bedeutete leider, dass es praktisch immer irgendwie nach Wurst stank, insbesondere an heißen Sommertagen. Da half dann auch der schönste Sound nichts mehr, weil so etwas der überzeugteste Schallplattenverkäufer auf die Dauer nicht aushalten kann.

Die angesagteste Scheibe zu jener Zeit war im Übrigen das neue Album von Pink Floyd „A Momentary Lapse Of Reason". Dieses Werk drehte sich nahezu ununterbrochen auf dem Plattenteller des kleinen Ladens. Man darf sich die Szenerie also realistisch vorstellen als eine nette Mischung aus Pink Floyd und penetrantem Wurstgeruch.

An einem sonnigen Samstagmorgen dann saß Sebastian zu Hause und frühstückte gemeinsam mit seiner Layla. Das Studium war bei beiden fast geschafft, Sebastian steckte sogar mitten in der Prüfungsphase. Nach der Uni würde die Arbeitslosigkeit drohen, wenn er sich auf das konzentrierte, wofür er sich vor etlichen Semestern einmal immatrikuliert hatte. Damit hatte Sebastian jedoch ohnehin nicht mehr viel zu tun. Was ihn zeitlebens interessiert hatte, war

bluesorientierte Rockmusik. Und so würde er am aller-
liebsten irgendeinen Laden mitbetreiben und zwar mit
allen denkbaren Konsequenzen. Wie das Geschäft funktio-
nierte, hatte er in jahrelanger Erfahrung mitbekommen.
Heute würde man mit einem eigenen Plattenladen nicht
mehr reich werden, aber man konnte durchaus gutes Geld
verdienen, wenn man die Sache vernünftig anstellte. Übrigens war der Gedanke an eine Selbstständigkeit im Kopfe
eines jeden Schallplattenverkäufers fest verankert, der es
wirklich ernst meinte mit seinem Job.

Genau darüber unterhielten sich Sebastian und seine
Freundin Layla gerade, als das Telefon klingelte. Als Sebastian den Hörer abgenommen hatte, meldete sich am
anderen Ende der Leitung Schallplattenkollege Karl, welcher an diesem Samstag gemeinsam mit dem Schallplat-
tenkollegen Uli im Laden stehen und den Leuten die heißesten Scheiben aufschwätzen durfte.

„Hi, wie geht`s?", fragte Karl, wie immer unausgeschla-
fen.

„Gut, ich frühstücke gerade."

„So, so, das hören wir gerne. Vor allem, wo es ja schon
bald Mittag ist."

„Und? War denn schon was los?", erkundigte sich Sebastian nach dem Umsatz.

„Nichts", antwortete Karl deprimiert und atmete tief
durch, wie es so seine Art war.

„Tjahaha", ließ Sebastian durch die Blume verlauten,
dass es sowieso ganz anders wäre, wenn nur er jetzt im
Laden stände. Solche hänselnden Sprüche waren unter
ihnen üblich.

„Sag mal, Sebastian, könntest du dir eigentlich vorstellen, mal bei einem Plattenladen mit einzusteigen?"

Sebastian spitzte die Ohren, war er doch sehr wohl darüber im Bilde, dass eine Übernahme des jetzigen Ladens

seit längerem heiß diskutiert wurde und zwar gerade zwischen Karl und Uli.

„Karl, wusstest du, dass ich mit Layla genau darüber gerade gesprochen habe?"

„Nein."

„Habe ich aber."

„Und?"

„Ich könnte."

„Klingt doch gut. Dann lass uns mal in Ruhe darüber reden."

„Klar, gerne."

„Wie wäre es mit heute Abend?"

„Das ginge in Ordnung."

Damit waren die Weichen endgültig gestellt. Nun würde nicht nur die Lebensphase des eifrigen Studierens zu Ende gehen, sondern ebenso die Lebensphase des Schallplattenverkaufens im unterbezahlten Angestelltenverhältnis bald vorüber sein. Eine neue Phase von gänzlich unbestimmter Dauer würde beginnen als selbstständiger Unternehmer mit viel Verantwortung, aber ebenso mit einer Menge Hoffnung und der Realisierung eines Traumes …

Die drei Freunde trafen sich und sprachen in Ruhe das Wesentliche ab. Es wurden Termine verabredet mit einem Notar, einem Steuerberater und dem derzeitigen Besitzer des Ladens. Der Preis wurde genannt, verhandelt, von Karl, Uli und Sebastian gemeinsam nach unten gedrückt, so dass sich der alte Besitzer sogar noch ärgern musste. Machte nichts, schließlich hatte er es mit drei knallharten Jungunternehmern zu tun! Dennoch einigte man sich irgendwie und am Sylvesterabend des Jahres schleppte der bisherige Besitzer einen kleinen Tisch und eine Rechenmaschine in den Laden, um seine letzte und entscheidende Inventur in diesem Geschäft gemeinsam mit den zukünftigen Besitzern durchzuführen.

Die Sylvesterfeier trat Sebastian an diesem Abend natürlich reichlich verspätet an. Sie fand irgendwo im Wald bei Wuppertal statt und gegen 24 Uhr stand Sebastian ganz alleine draußen in der Eiseskälte, schaute hoch zum lieben alten Mond und rauchte eine gute Zigarette. Er versuchte, sich all die Dinge bewusst zu machen, welche nun auf ihn zuströmten, die sich für ihn ändern würden und auf die er sich wahnsinnig freute. Was für ein denkwürdiger Tag, was für eine denkwürdige Nacht!

Historisch hatten die drei Kollegen eine recht günstige Zeit gewählt. Durch den Fall der innerdeutschen Mauer im Jahre 1989 nämlich betraten den Laden zuweilen Kunden, deren Sprache Sebastian noch niemals vorher gehört hatte. Es handelte sich um eben jene Menschen aus den osteuropäischen Ländern, die jetzt im Westen einkaufen konnten und von dieser Möglichkeit regen Gebrauch machten. Dies schwemmte so einiges an Geld in die Kasse der eben gegründeten Hit Wave Medienvertriebs GmbH. So nämlich lautete der Name der neuen und hoffnungsvollen Firma. Der Steuerberater hatte Uli, Karl und Sebastian beschworen, in jedem Falle die Rechtsform der GmbH zu wählen, also die Form, bei welcher man an einem eventuellen schlimmen Ende dann wenigstens nicht das allerletzte Hemd ausziehen musste. An ein solches Ende dachte zu diesem Zeitpunkt weder Sebastian noch Karl noch Uli, der schlaue Steuerberater aber schon!

Das Ladenlokal war ungefähr in der Form eines L gestaltet. Dabei lag der Eingang sozusagen am Fuße des L. Wenn man Hit Wave betrat, stand links die Theke mit der Registrierkasse darauf. Rechts, also an der kürzeren und waagerechten Linie des L befand sich die Abteilung für Punk, New Wave und ähnliche Geräusche, all das krumme Zeug eben, mit dem Sebastian noch nie viel anfangen konnte. Schritt man dagegen geradeaus die lange und senkrechte Seite des L entlang, so stieß man gleich links an der Theke auf die kleine, aber fein geordnete Bluesabteilung.

Dass er den Blues möglichst nahe bei sich haben musste, war für Sebastian von Anfang an eine Notwendigkeit.

Es folgten sauber sortiert die Abteilungen für Jazz, World Music und sogar ein wenig Kindermusik. Hardrock und Heavy Metal nahmen dagegen mit CDs, LPs, Videos und sogar T-Shirts einen ziemlich großen Raum ein.

Bei den Heavies handelte es sich um ein äußerst treues Publikum, um Jungs, die wirklich noch für den Rock`n`Roll lebten und an dem Tag, an dem die neue Scheibe ihrer Lieblingsband erscheinen sollte, nicht zur Schule, sondern gleich zu Hit Wave wanderten. Lederjacken, klare Aussagen und laute Gitarrensoli unterstrichen ihre absolute Kompromisslosigkeit gegenüber jeglicher Chart-Ware. Sebastian konnte damit schon immer mehr anfangen als mit dem ganzen musikalischen Hühnerpippi, also irgendwelchem Pop-Gedudel oder wildem Punkgeschrei, in dem alles an alten Werten aus Prinzip und ohne zu hinterfragen zunichte gemacht wurde, einfach weil die Interpreten und erst recht die Konsumenten dieser Musik gerade voll in der Pubertät steckten. Wenn dies bei den meisten Heavies natürlich auch der Fall war, so gab es im Heavy Metal dennoch Dinge, die hochgehalten wurden und an die es sich lohnte zu glauben wie eben Liebe, Treue, Ehrlichkeit, Vertrauen, jede Menge Partys und natürlich gute Gitarrengewitter. Dabei handelte es sich um Werte, die wiederum zurückgingen auf die Grundlinien der Rockmusik. Schließlich war Heavy Metal überhaupt erst möglich geworden durch Bands wie Deep Purple, Led Zeppelin und Black Sabbath. Diese wiederum hatten ihre musikalischen Wurzeln im Blues, und der war nun mal das Maß aller Dinge. Vom Blues ausgehend landete man nicht zwangsläufig bei der Rockmusik, sondern ebenso schnell beim Jazz, sogar bei der Folklore der unterschiedlichsten Nationen.

Letzten Endes und ursprünglich handelte es sich beim Blues um Volksmusik, welche auf den Baumwollfeldern Nordamerikas entstanden war. Dort nämlich hatten die schwarzen Sklavenarbeiter ihn aus ihrem afrikanischen Erbe entwickelt, indem sie sich als ausgebeutete und arme Baumwollpflücker gegenseitig Befehle und Informationen oder Aufmunterungen zur Arbeit zuriefen. So hatte das alles einmal angefangen.

Selbst der aktuellen Stilrichtung des Rap oder Hip Hop vermochte Sebastian unter diesem Aspekt ideologisch etwas abzugewinnen, wenn auch niemals zu Hause auf dem eigenen Plattenteller. Die Parallele zwischen Rap und Blues bestand nämlich darin, dass es sich beim Rap ebenso wie beim Blues um eine legitime Möglichkeit für farbige Musiker handelte, mit *ihrer* Musik Geld zu verdienen und im Idealfall sogar reich zu werden. Auch sie waren wie einst die versklavten Baumwollpflücker sehr häufig rassistischen Ressentiments ausgesetzt, lebten in Armut und Elend in irgendwelchen Slums – allerdings nicht am Beginn des zwanzigsten, sondern an der Wende zum einundzwanzigsten Jahrhundert. Rap war nicht Sebastians Musik, aber es war die Musik und Ausdrucksmöglichkeit derjenigen Menschen, die für ihre Musik lebten - und manchmal auch starben, wenn man sich an ein paar ziemlich berühmte Rap-Stars erinnerte, welche in entsprechendem Milieu mit Waffen rumspielten und dabei des Öfteren mal Pech hatten. Dies war bei den Bluesleuten der dreißiger und vierziger Jahre nicht viel anders gewesen. So wurde zum Beispiel Sonny Boy Williamson I. Opfer eines Raubüberfalls und starb an den Folgen einer Schädelfraktur. Der durchschnittliche Popmusikhörer würde dagegen noch nicht einmal verstehen, wovon man redete, wenn man mal den Versuch unternommen hätte, ihm so etwas zu erklären. Sie interessierten sich vielleicht für alles, was mit Geld zu tun hatte, aber sie interessierten sich nicht wirklich für Musik und das, was dahinter stand.

Die finanzielle Seite musste Sebastian als mittlerweile professioneller Schallplattenhändler natürlich auch sehen, schließlich lebte er jetzt vom Schallplattenverkauf. Und seine Meinung über Musik mussten andere nicht unbedingt teilen, sollten sie auch gar nicht. Sie sollten vielmehr das hören – und natürlich kaufen -, was *ihnen* gefiel und sei es auch der letzte Schrott. Jede andere Ansicht wäre schlicht und einfach unprofessionell gewesen. Musikideologisch gab es am Anfang durchaus Probleme für Sebastian. Wenn ein Kunde zur Kasse kam und bei der allerletzten Gurkenband die vollkommen ernst gemeinte Frage stellte, ob deren neue Scheibe genauso gut geraten sei wie das vorherige Werk, dann war eine solche Situation gegeben. Dieser Kunde wollte das Urteil des Fachmannes über *seine* Band hören, er wollte mit an Sicherheit grenzender Wahrscheinlichkeit nichts über Blues hören. Also überlegte sich Sebastian eine Standardformulierung, mit welcher er gut leben konnte.

„Endlich ist die neue Scheibe da. Wie ist sie denn geworden, genauso gut wie die letzte oder noch besser?"

„Nun ja, ich würde sagen, sie ist etwas ausgereifter als die letzte."

Damit war es gut und der Kunde auf jeden Fall zufrieden, wenn auch Sebastian es sich in Wirklichkeit erspart hatte, mit der „letzten Scheibe" jemals sein empfindliches Gehör zu belasten. Jeder neuere Song war auf seine Art ausgereifter als der ältere, davor veröffentlichte, weil nämlich, chronologisch betrachtet, immer irgendwie auf dem vorher veröffentlichten Material aufgebaut wurde. Zumindest sollte man dies annehmen. Somit lag Sebastian mit

58

seiner fachmännischen Auskunft praktisch immer im grünen Bereich, der Kunde ging mit einer Hit Wave-Tüte aus dem Laden und sein Geld ruhte geborgen in Sebastians Kasse.

Es nahte eine Zeit, da bedeutete Scheibe nicht mehr gleich Scheibe. Im Jahre 1983 nämlich wurde die CD erfunden und breitete sich zwar langsamer als von der Musikindustrie erwünscht, aber dennoch sicher in den Tonträgerläden aus. Auch im Hit Wave fanden bald ein paar CDs ihren Weg in die Regale, wo sie anfangs gleich Fremdkörpern in Plastikhüllen auf neue Besitzer warteten. Manche dieser ersten Exemplare sollten dann auch nie verkauft werden.

Die Diskussion, ob nun Vinyl oder CD besser sei, war Sebastian von nun an eigentlich ständig mit immer neuen Kunden zu führen gezwungen. Als Musikmann stand er im Zentrum des Geschehens und wurde also auch jedes Mal auf neue Trends angesprochen. Irgendwann fand er es schlichtweg müßig, zumal die Argumente immer dieselben blieben: CDs sind einfacher zu handeln, die Tonqualität gegenüber der Schallplatte ist selbstverständlich sauberer und man kann die Reihenfolge der zu hörenden Stücke selber programmieren - sofern man auf so einen Schnickschnack überhaupt Wert legte. Sebastian tat dies nämlich nicht. In Gegenteil handelte es sich für ihn bei einer Langspielplatte ähnlich wie bei einem guten Film um ein Gesamtkunstwerk. Einen sehenswerten Film schaute sich Sebastian nur äußerst ungern in Teilen an. Bei einer LP gab es immer mehrere Songs, welche von dem jeweiligen Künstler aus ganz bestimmten Gründen in einer bestimmten Reihenfolge auf diesem Tonträger platziert wurden, so wie ein Künstler sich schließlich auch zu jedem seiner Songs etwas denkt – sollte man jedenfalls meinen. Und wie oft hatte Sebastian schon Platten gehört, bei denen

59

einzelne Songs lange Zeit quasi im Verborgenen blühten, ihm gar nicht so recht gefielen! Nach Jahren erst entdeckte er sie für sich und maß ihnen erst dann einen entsprechenden Wert bei.

Zudem ist der Klang einer schwarzen Schallplatte - von denen Sebastian im Übrigen auch Exponate in den verschiedensten anderen Farben besaß - selbst nach Ansicht der meisten CD-Befür-worter einfach wärmer. Die Cover sind wie bei Büchern aus Pappe, und dies bedeutet, man hat nicht ewig Plastik in der Hand, wenn man mit geübtem Griff etwas aus dem Regal zieht.

Auch die Möglichkeit der Darstellung von Fotos und Schriften auf den Covern der Vinyl-Platten ist auf den CDs stark eingeschränkt. Manche Fotos sind so winzig, dass sie schon fast lächerlich wirken, erst recht, wenn man die vergleichbare Aufnahme der Vinyl-Ausgabe daneben hält. So war etwa das Vinyl-Cover des Dreieralbums „Lotus" von Santana mehrfach ausklappbar, von Man gab es das Cover der Scheibe „Be Good To Yourself At Least Once A Day" als ausklappbare Landkarte oder deren Album „Twice" wiederum als mehrfach ausklappbares Cover, auf dem die Jungs der Band ziemlich kariert dreinschauten. Dies auf CD-Booklets wirkte lächerlich, sofern die Hersteller sich überhaupt noch die Mühe machten, eine exakte Rekonstruktion des Original-Covers vorzulegen. In den meisten Fällen schenkte man sich so etwas. Und das Entziffern der Schrift auf manchen CDs bereitet nicht nur dem in die Jahre gekommenen Fan zuweilen arge Probleme. Im Zweifelsfall verzichtete man also auf das Lesen der Songtexte und der sonstigen Informationen.

Dies also waren im Groben die unterschiedlichen Positionen der im Hit Wave tagtäglich engagiert geführten Diskussionen. Für Sebastian stand schon bald fest, dass alle Leute gerne fleißig CDs kaufen sollten, wenn sie das in

Ordnung fänden. Er für seine Person würde beim Vinyl bleiben und nur im Notfalle auf die CD ausweichen. Musiker wie Neil Young und Eric Clapton hatten in ihren Künstlerverträgen Klauseln eingebaut, nach denen jedes ihrer Produkte auch auf Vinyl erscheinen musste. Irgendwie würde es also auch in Zukunft gelingen, an die geliebten schwarzen Scheiben zu kommen.

Die Entwicklung gab Sebastian dann in Teilen Recht. Entgegen aller Prognosen und auch Hoffnungen vonseiten der Industrie starb das Vinyl keineswegs gänzlich aus, sondern behauptete sich vielmehr als Nischenprodukt über die Jahre.

Natürlich besuchte Sebastian auch weiterhin Konzerte jeglicher Art und musikalischer Stilrichtung. So sah er Pink Floyd, bei denen ein Schwein und ein brennendes Bett durch die Halle flogen. Steve Ray Vaughan trat zu, wenn auch nicht anlässlich Sebastians neunundzwanzigsten Geburtstages in Bonn auf. Damals war er noch nicht so bekannt und stand mit Federhut auf der Bühne, womit er deutlich und offensichtlich gewollt an Jimi Hendrix erinnerte. Diese auch äußerliche Anlehnung an Hendrix hatte Steve Ray Vaughan nun wirklich nicht nötig.

Nur wenige Jahre später auf einem Festival sollte dann Steve Ray Vaughan den eigentlich für Eric Clapton vorgesehenen Platz in einem Hubschrauber einnehmen, weil Clapton unbedingt noch einige Autogramme geben musste. So prallte dieser Hubschrauber statt mit Eric Clapton nun mit Steve Ray Vaughan gegen einen Berg und er verlor sein Leben. Welch ein Schock für die gesamte Blueswelt! Sebastian reagierte sogleich und sammelte restlos alle Scheiben von ihm zusammen, erstens weil er die Musik von Steve Ray Vaughan ohnehin liebte und zweitens aus Gründen der Treue.

Stevie Nicks brachte es beim Fleetwood Mac-Konzert fertig, zu jedem Song in einem anderen Kleid zu erscheinen. Dies hatte sicherlich nur ganz wenig mit Rock`n`Roll zu tun, aber es handelte sich schließlich um Stevie Nicks und die durfte so etwas!

Arlo Guthrie, Bryan Ferry oder die Scorpions rangierten mit ihren Konzerten in der Erinnerung Sebastians unter ferner liefen, also einmal gesehen und schnell wieder vergessen. ACDC begeisterten Sebastian hingegen weit mehr, als er sich hätte träumen lassen. Sein fachkundiges Urteil über diese Australier lautete von da an: Keine andere Band mit Ausnahme von Rory Gallagher bringt live so viel von der Bühne runter ins Publikum wie ACDC. Dass Angus Young wie üblich und von den Fans dringend erwartet seinen Popo freilegte und es vom Hallenhimmel auch noch Geldscheine regte, war dabei sehr amüsant, aber keineswegs ausschlaggebend für Sebastians Einschätzung.

B.B. King sah er zum ersten Mal in Hagen und für John Lee Hooker reiste er sogar extra nach Belgien. Der alte Bluesmann wurde auf einem verregneten Open Air reichlich verspätet mit dem Hubschrauber eingeflogen und trat mittags in einem schwer verrauchten Zelt auf. Blitzlicht war nicht erlaubt, weil der Altmeister arge Probleme mit seinen Augen hatte. Aus diesem kühlen Grunde trug er wohl auch in seinen letzten Jahren ständig eine große schwarze Brille.

In Giessen sah Sebastian dann, wenn schon nicht Jefferson Starship, so doch immerhin den kommerzialisierten Rest davon, nämlich Starship, allerdings ohne seine absolute Lieblingssängerin Grace Slick. An anderer Stelle blieb Ex-Stones-Gitarrist Mick Taylor live absolut lust- und glanzlos, beim zweiten Mal Johnny Winter in Münster war Sebastian erstens dauernd die Sicht versperrt und zweitens spielte er nur eine kleine Stunde. Brechend voll war es bei

Jeff Healey, wesentlich leerer und wirklich relaxt dafür bei Steve Harley. Iron Butterfly waren die reinste Hardrock-Combo geworden, Alice Cooper überzeugte in Essen und als Paul McCartney live „Can`t Buy Me Love" oder „Michelle" sang, lag eine Atmosphäre in der Halle, welche eine diffuse Mischung aus Vergangenheit und Wahnsinn darstellte. Yes berührten dagegen Sebastian wieder nur wenig und bei Gary Moore spielte immerhin Bluesmann Albert Collins im Vorprogramm. Chuck Berry durfte Sebastian wieder an einem Geburtstag erleben, Robert Plant und die Allman Brothers Band begeisterten, Steppenwolf und Bob Dylan langweilten ihn und Golden Earring brachten einfach nicht Sebastians Lieblingssong dieser Band „Buddy Joe". Tom Petty, Keith Richards auf Solopfaden und Crosby, Stills & Nash würde er nie vergessen. Vor allem den geliebten David Crosby, wie er relaxt mit seiner Kaffeetasse am Mikro stand und lächelnd aus seiner Zeit im Knast erzählte, etwa darüber, wie er von den Wärtern immer wegen seiner Popularität doof angequatscht wurde:

„Hey Rockstar!"

Als Schallplattenverkäufer wurde Sebastian auch ab und an auf so genannte Promotion-Parties eingeladen, also Veranstaltungen vonseiten der Plattenfirmen, auf denen sich diverse Händler zum Informationsaustausch trafen. Außerdem wurde meistens noch das neueste Produkt einer bestimmten Band präsentiert beziehungsweise abgefeiert. Bei dieser Gelegenheit gab es selbstredend auch für Bands, welche mit großer Wahrscheinlichkeit auf dem Markt nie eine Chance haben würden, nur warme Worte - es handelte sich eben um eine Werbeveranstaltung. Auf einer dieser Parties wurde mal die Newcomer-Band Hands On The Wheel vorgestellt, welche zwar nette, jedoch keine wirklich neue Musik spielten und daher folgerichtig den großen Durchbruch nicht schafften.

Die bekannte Kölner Rockband Brings präsentierte ebenfalls mal ihr aktuelles Produkt an einem solchen Abend. Bei dieser Gelegenheit kamen die Jungs an jeden einzelnen Händlertisch und erklärten, wie gerne sie jetzt gerade hier wären. Aber es handelte sich ja um nette Jungs, die schließlich nur ihren Job als Künstler machten. Wenn man bedachte, dass sie letzten Endes deshalb an diesem Orte weilten, weil sie ihr neues Werk legitimerweise auch verkaufen wollten, dann ging dieser Small Talk schon in Ordnung.

Der bekannte deutschsprachige Country-Sänger Tom Astor setzte sich auf so einer Party ebenfalls mal an den Tisch, an dem Sebastian mit anderen befreundeten Händlern an einem herrlichen Sommerabend ein kühles Bierchen trank. Diese Szene war für alle Beteiligten ein wenig unangenehm, denn was in aller Welt sollten sie sich mit Tom Astor zu erzählen haben? Sebastian jedoch, zufällig auch ein Freund guter amerikanischer Countrymusic, wusste sogleich zu berichten, dass vor kurzem das Gründungsmitglied der Byrds Gene Clark verstorben war. Von einem beinharten Byrds-Fan im Laden hatte Sebastian mal gehört, dass man den Musiker in seiner letzten Zeit wohl nur noch besoffen von der Bühne getragen hatte. Diese Todesnachricht war für Tom Astor gänzlich neu und so rettete Sebastian durch diese Country-News die Situation, weil dadurch so etwas wie eine Unterhaltung zustande kommen konnte und alle waren bei einer neuen Lage Bier wieder sehr zufrieden.

Selbst in der geheiligten Halle des Hit Wave-Record Shops gab es sogar mal ein Live-Konzert. Dabei handelte es sich ebenfalls um eine Promotion-Party. Sebastian räumte einige Regale zur Seite, besorgte etwas zu trinken und ein paar Knabberartikel, die Band spielte auf und es wurde ein netter Nachmittag. Den Namen der Truppe hatte

Sebastian allerdings nach wenigen Wochen schon wieder vergessen. Zumal den Inhaber eines kleinen Schallplatten-ladens natürlich auch noch andere Sorgen drückten.

So erfolgte zum Beispiel die wenig erfolgreiche Grün-dung der ersten Hit Wave-Filiale in einer der Städte, denen das Ruhrgebiet seinen schlechten Ruf maßgeblich zu ver-danken hatte. Wie sich sehr schnell herausstellte, gab es für die Bürger dieser Stadt eigentlich überhaupt keinen Grund, im eigenen Städtchen shoppen zu gehen, weil um sie her-um eine ganze Reihe wesentlich attraktiverer Ortschaften lag mit entsprechend größeren Geschäften. Also verirrte sich fast nie ein Kunde in die neu gegründete Niederlas-sung und Sebastian war heilfroh, als die Bude nach einem Jahr ohne größere Verluste wieder geschlossen werden konnte.

Dann arbeiteten im Hit Wave noch zwei Kollegen, von denen der eine offensichtlich nicht genau zu unterscheiden vermochte zwischen seiner Eigenschaft als Fan und derje-nigen als Einkäufer. Mit anderen Worten wurden also regelmäßig ziemlich große Kartons im Laden angeliefert mit ziemlich großen Mengen einer bestimmten Neuer-scheinung, welche der Kollege für den heißesten Tipp aller Zeiten hielt. Leider wurde der finanzielle Gegenwert zu diesem Hit jedes Mal viel schneller vom firmeneigenen Konto abgebucht, als die begeisterten Schallplattenverkäu-fer im Laden das Produkt hätten weiterverkaufen können. Dadurch entstand sehr häufig im wirtschaftlichen Sinne ein krasses Missverhältnis, wodurch nicht selten morgens, wenn Sebastian seinen Record Shop betrat, als erstes seine Bank durchklingelte und ihn mit entsprechenden Drohun-gen bedachte.

Dadurch, dass der geschätzte Kollege später seine eige-nen Wege ging, endete nebenbei auch eine jahrelange Freundschaft zwischen ihm und Sebastian, denn genau wie bei Sebastian handelte es sich bei diesem Kollegen um einen wirklichen Fan und gemeinsam hatte man in der Vergangenheit am späten Abend so mancher schönen Scheibe gelauscht …

Der andere Kollege betrieb noch eine Reihe weiterer Unternehmungen, mit denen Sebastian nie etwas zu tun hatte und die ihn auch nicht sonderlich interessierten, weil für ihn eben immer nur sein Record Shop wichtig war. Schließlich tauchte der Kollege dann kaum noch auf und betrat am Ende sogar ganze sieben Jahre lang den Laden nicht mehr. Sebastian trug die gesamte Last und Verantwortung für das Geschäft, egal ob es sich um den Ein- und Verkauf, die Buchhaltung, die Personaldisposition oder Ärger mit dem Vermieter oder der Bank handelte. Erst als die diversen nebulösen Beteiligungen des Kollegen nicht mehr genügend Gewinn abwarfen, tauchte dieser wieder im Laden auf und erhob in dreister Manier Anspruch auf Dinge, welche ihm überhaupt nicht zustanden. Diese unselige Diskussion wurde schließlich wesentlich dadurch verkürzt, dass in der Stadt einer jener vielen Großanbieter seine Tore öffnete und Hit Wave als unmittelbare Reaktion darauf die seinen für immer schloss. Obwohl nämlich Sebastian sogar das aktuelle Werk der Rolling Stones wesentlich günstiger angeboten hatte als die neue Konkurrenz, wurde er es nicht mehr los. Und dies lag beileibe nicht an der Qualität der neuen Stones-Scheibe, sondern schlicht und ergreifend daran, dass ein solcher Großmarkt die potentiellen Kunden jeden Tag mit Hochglanzwerbebroschüren zuballerte und die Leute daher einfach nicht mehr den Weg in ihren alten Stammladen fanden. Die Zeit des ruhmreichen Hit Wave-Record Shops war unwiederbringlich vorüber und Sebastian hörte in den letzten Wochen, in denen er geöffnet hatte und die meiste Zeit des Tages mutterseelenallein im Laden stand, eigentlich nur noch die eben erschienene und aber wirklich geniale CD von Mick Taylor „A Stones' Throw".

Der Film

Schöne Zeiten lagen hinter Sebastian. Alles in allem hatte er seinen Record Shop stolze elf Jahre lang geführt, zehn davon waren trotz aller Verantwortung und aller Sorgen in Ordnung gewesen, das elfte nicht mehr, daher machte Sebastian pünktlich und für immer Feierabend. In seinen guten Geschäftszeiten war Sebastian mit Layla so häufig ins Restaurant gegangen, dass die Summe der Rechnungen pro Jahr für einen gut erhaltenen Gebrauchtwagen gereicht hätte.

Ohnehin hatte er sich hinter der Theke immer häufiger gefragt, was wohl einmal werden sollte, wenn er mit fünfzig immer noch in seinem Laden stehen würde, einerseits mit weitgehend gesicherter Existenz, andererseits jedoch ein Gefangener seines Warenbestandes und gezwungen, tagtäglich die neueste Popmusik unter das Musikvolk zu bringen. Und mit der gängigen Popmusik konnte er, ehrlich gesagt, gerade in den letzten Jahren immer weniger anfangen. War dies eigentlich ein erstrebenswertes, war dies eigentlich wirklich sein Ziel?

Glücklicherweise hatten bei der Abwicklung der restlichen Firmenangelegenheiten seine studentischen Aushilfen bis zur letzten Stunde zu ihm gehalten. Er führte dies jedoch unter anderem auf seinen fairen Umgang ihnen gegenüber zurück. Selbst in der Phase des Niedergangs nämlich, als sich das Ende bereits sehr deutlich abzeichnete, hatte er ihnen immer noch ein wenig mehr gezahlt als andere Schallplattenbesitzer ihren Aushilfen.

Eine weibliche Studentin mit Namen Mandy hatte er mal beschäftigt, die so hübsch war, dass der eine oder andere

Kunde zweifelsohne nur ihretwegen in den Laden kam. Das ging auch in Ordnung. Eines schönen Morgens betrat ein männlicher Kunde den Laden und geriet bei ihrem Anblick dermaßen in verwirrte Verzückung, dass er gleich gegen das nächste Regal knallte. Wie hatten Sebastian und Mandy damals noch stundenlang gekichert – dem Kunden war dagegen nicht ganz so zum Lachen gewesen.

Das tollste Ereignis war jedoch ein anderes. Einer von Sebastians Bekannten war ebenfalls ein Freund der Schallplatte und verkaufte ebenfalls Platten, allerdings aus steuerlichen Gründen an einem Stand auf dem Universitätsgelände. Es handelte sich um gebrauchte, also Second-Hand-Ware, auf die jeder überzeugte Sammler zurückzugreifen gezwungen ist, denn allzu viele Raritäten gibt es überhaupt nur noch über Second-Hand. Dieser Wolfgang wurde eines Tages von einem ihm unbekannten Herrn angesprochen. Es geschah zu eben jener Zeit, in der alle Musikinteressierten darüber redeten, dass die schwarze Scheibe nun wirklich endgültig von der CD verdrängt werden würde.

„Hallo, haben sie mal einen Moment Zeit?"

„Klar", erwiderte Wolfgang, der eigentlich immer Zeit hatte.

„Ich bin nämlich vom Fernsehen und möchte einen Beitrag drehen über die Vinyl-Schallplatte. Dazu bin ich auf der Suche nach einem Fachmann. Hätten sie eventuell Lust, mit uns zusammenzuarbeiten?"

„Naja, eehm, also, geht so, eher nicht, glaube ich. Ich könnte ihnen aber jemanden nennen, der das vielleicht machen würde."

Und so klingelte eines Abends bei Sebastian wieder mal das Telefon.

„Guten Abend, wir möchten einen Beitrag senden über das Sterben der Schallplatte und sind auf der Suche nach einem wirklichen Sammler, mit dem wir das drehen könnten."

„Was wollen sie denn drehen?"

„Es handelt sich um einen Fernsehbeitrag."

„Das würde ich schon machen."

Zügig wurde ein Termin abgesprochen, an dem man sich treffen und alles besprechen wollte. Nachdem Sebastian ihm seinen Laden gezeigt und einiges dazu erzählt hatte, erklärte der Mann vom Fernsehen, dass er gerne einen Drehtermin vereinbaren würde.

Am verabredeten Tag rückte in der Tat ein ganzes Fernsehteam bei Sebastian im Laden an, was für eine gewisse Aufregung unter den Kunden sorgte. Sollte Hit Wave jetzt auch noch über die Grenzen der Stadt hinaus berühmt werden? Sebastian zumindest hätte nichts dagegen gehabt.

So wurden Aufnahmen von Sebastian gemacht, wie er locker und beschwingt über die Straße zum Eingang seines Ladens ging, Aufnahmen also von außen auf das Firmenschild, was Sebastian sehr, sehr gut gefiel, welche im Beitrag später jedoch leider nicht gezeigt wurden.

Danach durfte Sebastian vor laufender Kamera an einem Regal stehen und in einem Stapel Schallplatten blättern. Auf diese Art sollte geschickt dokumentiert werden, dass es hier noch so einiges an Vinyl zu finden gibt, also blätterte Sebastian fleißig drauf los. Der Laden wurde auch schön mit der Kamera aufgenommen und Sebastian freute sich schon jetzt auf diese exzellente Werbung. Jeder tote Winkel wurde mit hellen Strahlern ausgeleuchtet, eine Extrarunde Staubputzen hätte also vorher nicht geschadet, war aber leider aus den verschiedensten Gründen unterblieben.

Nachdem eine ganze Reihe von Aufnahmen im Record Shop gedreht war, setzten sich alle in ihre Autos, Sebastian in seines und das Fernsehteam in einen Fernsehsender-

Kleinbus. Nun fuhren sie verabredetermaßen gemeinsam zur Wohnung von Sebastian, denn dort sollte der eigentliche Teil des Drehs ablaufen. Sebastians Lebensgefährtin Layla war ebenfalls anwesend, denn so etwas erlebt man nicht alle Tage. Es wurde Kaffee gekocht, es wurde geraucht und die Jungs vom Fernseher installierten überall im Wohnzimmer helle Scheinwerfer und Mikrophone. Alles war sehr lustig und alle waren sehr relaxt. Es gab auch keinerlei Arbeitsdruck, sondern die ganze Situation hatte eher etwas von einem Happening an sich. So wurde wieder viel und gerne gelacht. Und zwischendurch interviewt. Das heißt, Sebastian wurde interviewt.

Er stand ausnahmsweise ganz entgegen seiner sonstigen Gewohnheit voll im Rampenlicht, wo er doch normalerweise lieber aus der zweiten Reihe heraus agierte. Nun schaute alles auf ihn, nicht nur die Scheinwerfer strahlten ihn an und die Mikrophone wurden bedrohlich nahe an ihn herangerückt.

In der ersten Szene bei Sebastian zu Hause sollte seine Sammlung gezeigt werden, wozu die Kamera lediglich auf eine Wand mit Schallplatten gehalten werden musste. Vorausschauend, wie er nun mal war, hatte Sebastian unten am Boden vor die Regale noch mehrere Stapel mit Scheiben gestellt. Jeder dieser Stapel hatte eine vordere Platte und bot damit Sebastian die Möglichkeit, von ihm ausgewählte Cover voll ins Bild zu bringen. Diese Cover hatte Sebastian schon vor dem Dreh sorgsam ausgewählt. Vor jedem Stapel stand nämlich eine andere Platte seines Lieblingsgitarristen!

In einem jener Stapel sollte Sebastian nun blättern, eine Platte auswählen, auf den Teller des Plattenspielers legen, die Nadel aufsetzen und auf diese Weise eine Schallplatte zum Klingen bringen. Irgendwie fand der Typ vom Fernsehen den Akt des Auflegens so faszinierend und damit bewunderte er genau das, was Sebastian schon sein ganzes Leben lang tat, nämlich das Auflegen und Abspielen von Schallplatten.

Nachdem also Sebastian taktisch versiert einige ausgesuchte Plattencover ins Fernsehen lanciert und damit seit ihrem Erscheinen erneut oder aber zum ersten Mal berühmt gemacht hatte, durfte er es sich in einem seiner Wohnzimmersessel gemütlich machen und Geschichten aus seinem Leben erzählen, etwa diejenige zum Rory Gallagher-Album „Tattoo".

„Welche musikalischen Eindrücke waren für dich immer besonders wichtig und welche deiner Schallplatten magst du am liebsten?", begann der Fernsehmann sein Interview.

„Also das ist zum Beispiel jetzt die Platte für mich, die ich mitnehmen würde auf die berühmte Insel und zwar deswegen, weil im Jahre 1973, in dem ich die Platte kennen lernte, bin ich von der Schule geflogen und das war eine relativ schwierige Zeit. Mir ging es nicht besonders gut damals und es war eine Situation, in der praktisch alles, was mich hochgehalten hat, die Tatsache war, dass ich mir jeden Tag dieses Album anhören konnte."

Über den grundsätzlichen Unterschied zwischen Schallplatte und CD stellte Sebastian tiefer gehende philosophische Betrachtungen an.

„Eine Schallplatte hat das, was eine CD nie haben wird: Sie besitzt eine lange Geschichte, das heißt sie besitzt eine gewisse Aura. Dazu gehört eben auch, dass du eine Schallplatte relativ kompliziert zum Spielen bringen musst. Allerdings ist das für mich eine Sache, die so selbstverständlich ist, dass ich mir dies gar nicht anders vorstellen kann und ich finde es einfach schön. Das ist genau so umständlich wie Zähneputzen. Es gibt dazu einfach keine Alternative."

Zusätzlich wurden noch ein paar ausgefallene Platten-Cover aufgenommen, wobei der Mann vom Fernsehen hierbei Wert darauf legte, dass diese von Sebastians Lebensgefährtin Layla präsentiert wurden.

Der Beitrag wurde dann auch zum verabredeten Zeitpunkt ausgestrahlt als Teil einer Sendung über das Sterben der Schallplatte. Sebastian machte seine Sache vor laufender Kamera gut, von dem versprochenen kleinen Honorar für diese Geschichte sah er jedoch nie etwas. Das war natürlich nicht korrekt, aber im Vordergrund hatte für Sebastian wie so oft die Freude an der Sache gestanden.

Rory

Das allererste Treffen zwischen Sebastian und Rory Gallagher fand im Jahre 1972 vor dem heimischen Fernseher statt, als in einer News-Sendung kurz erwähnt wurde, dass der Gitarrist sich gerade hierzulande auf Konzertreise befände.

„Rory Gallagher - ein irischer Rockstar auf Deutschland-Tournee."

Dies waren die wenigen Worte, die man ihm widmete, während der damals erst Vierundzwanzigjährige gezeigt wurde mit seiner Gitarre, einem karierten Kaufhaushemd, arg verschwitzt und gut gelaunt. Sebastian registrierte diese Meldung aufmerksam, weil es sich um einen langhaarigen Rockstar mit Gitarre handelte, der da gezeigt wurde. Solchen Leuten galt sein Interesse schon mal grundsätzlich.

Der Umzug in eine andere Stadt war unmittelbar verbunden mit dem Wechsel der Schule, zunächst von Ort zu Ort, dann innerhalb eines Ortes von Schule zu Schule aufgrund grandioser Leistungen, welche dazu angetan waren, die Karriere auf dem humanistischen Gymnasium abrupt zu beenden und Sebastian auf einer wesentlich niedrigeren Schule zu platzieren. Das ganze Drumherum war auch für einen vierzehnjährigen Jungen durchaus anstrengend und so saß er oft ziemlich verzweifelt mit seinem Freund Arno in dessen Kellerzimmer und hörte Musik. Eine Spinne, welche sich dort in einer Ecke samt Netz häuslich eingerichtet hatte, beglückte Arno noch zusätzlich, indem er sie mit Klebstoff aus der Sprühdose gleichsam für die Ewigkeit einbalsamierte – es gab eben keine rechte Perspektive zu jener Zeit.

Ständig auf der Suche nach neuem Sound fuhren beide ab und zu ins nahe gelegene und nicht ganz so verschlafene Mönchengladbach, denn dort gab es ein Plattengeschäft, wo man in Ruhe Musik hören konnte, ohne sogleich einem Kaufzwang zu unterliegen. Kurz vor dem Weihnachtsfest des Jahres 1973 saß Sebastian mit Arno zusammen an der Theke eben dieses Plattenladens. Beide hörten mit riesigen Kopfhörern, unter denen ihre heißen Ohren gänzlich verschwanden und von denen Sebastian bis dahin gar nicht gewusst hatte, dass solch eine raffinierte Technik überhaupt existierte, Musik in bester Stereoqualität. Durch diese Kopfhörer erreichte Sebastian dann eine Welle, welche sich leise rauschend dem Strand nähert, um schließlich sich überschlagend zu brechen, wobei eine seit Jahrmillionen ewig gleiche und allmählich lauter werdende Geräuschfolge abläuft. Ein Sound aus einer anderen Welt überschwemmte den jungen Sebastian, nahm ihn gefangen und würde ihn von nun an nie mehr aus seiner Sicherheit und Geborgenheit bietenden Umarmung freigeben. Sebastian hörte an diesem Nachmittag zum ersten Mal „I`m Not Awake Yet" von Rory Gallagher. Das Stück befand sich auf dem Album „Deuce", bei dem es sich um den Vorläufer der LP „Live in Europe" handelte, von der Arno seinem Freund Sebastian so häufig und mit zunehmender Begeisterung „Bullfrog Blues" vorgespielt hatte, eben wegen des langen Drum-Solos.

„Hörst du, gegen Ende wird der Rhythmus immer gleichmäßiger?"

Daraufhin lauschten beide wie gebannt. Drum-Soli waren jedoch nie so recht Sebastians Sache gewesen. Und wenn die Qualität von Arnos altem Tonbandgerät auch immer noch besser war als Sebastians Nudelkiste, so haute sie einem andererseits auch nicht gerade den Vogel raus.

Hier in Mönchengladbach auf diesem Barhocker war plötzlich alles anders. Sebastian blieb einfach sitzen und ließ sich fallen in Rorys Musik. Nun hörte er „There`s A Light", bei dem Rorys Stimme sozusagen aus dem Nichts, in jedem Falle aber von ganz weit her zu kommen schien. Der Song war ziemlich schnell gehalten und erhielt dadurch einen etwas jazzigen Touch.

Sebastian saß immer noch auf seinem Stuhl, als Arno sich bereits am nebenstehenden Zeitungsstand für eines der einschlägigen Magazine mit unbekleideten jungen Damen interessierte, welches ihm jedoch sogleich von der hübschen dunkelhaarigen Verkäuferin aus der Hand gerissen wurde mit einer entsprechenden Bemerkung.

„Das kannst du dir zu Hause ansehen."

Arno machte daraufhin ein frustriertes Gesicht. Vielleicht war es ja auch allmählich an der Zeit aufzubrechen und sich von den Eltern mit den neuesten Beschimpfungen überschütten zu lassen.

In dem verschlafenen Nest, in dem Sebastian wohnte, wohnen musste, existierte ebenfalls ein kleines Tonträgergeschäft. Unsere Jungs befanden sich damals – hauptsächlich eben aus finanziellen Gründen – noch nicht so sehr am Nabel des musikalischen Geschehens. Und so erinnerte sich Sebastian erst später daran, dass er bereits im Frühjahr des Jahres 1973 im Schaufenster dieses Geschäftes das Album „Blueprint" von Rory gesehen hatte. Er erinnerte sich daran, nachdem bereits wenige Monate später der Nachfolger „Tattoo" ebendort ausgestellt wurde.

Spätestens um diese Zeit herum drehte sich in Sebastians Leben alles wirklich nur noch um Rory Gallagher. Welches Album von Rory schließlich sein erstes wurde, ob nun "Deuce" oder "Tattoo", vergaß Sebastian tatsächlich im

Laufe der Jahre. Zu groß war die Menge aller neuen Songs, die er hörte, hören musste, zu groß auch die Anzahl aller Artikel, welche er las und der Diskussionen, welche er hörte und zunehmend mitführte über seinen neuen angebeteten Lieblingsgitarristen. Denn natürlich wurde er immer kundiger, was Einzelheiten über dessen Songs oder Tourneen anbelangte. Musikzeitschriften kursierten unter den rockbegeisterten Freunden und wurden regelrecht verschlungen. Ein anderer Freund Sebastians war sogar so nett, Zeitungsartikel über Rory Gallagher für ihn abzutippen. Die noch fehlenden Abschnitte fügte dann Sebastian handschriftlich hinzu, weil bei ihm zu Hause selbstredend keine Schreibmaschine existierte. Also wurde so sauber wie möglich für das zukünftige Archiv geschrieben, um alles gemeinsam mit vorhandenen Fotos von Rory zu sammeln. Damit legte Sebastian die Grundlage für eine richtige Sammelmappe ausschließlich mit und über seinen Star Rory Gallagher.

Dessen Song „Should`ve Learnt my Lesson" war übrigens sehr geeignet, um ihn bei solcherlei Schreib- und Klebearbeiten zu hören.

Should`ve learnt my lesson
long, long time ago...

Währenddessen reflektierte Sebastian nämlich auch darüber, ob er auf seiner ehemaligen Schule vielleicht wirklich besser seine Lektion gelernt hätte, denn auch im realen Leben musste es natürlich irgendwie weitergehen.

Ging es dann auch, weil nämlich ein Jahr später ein Live-Doppelalbum mit Namen „Irish Tour `74" erschien. Rory war für die Aufnahmen durch das unruhige Irland getourt, wo es zu jener Zeit aufgrund der politisch instabilen Situation unter Umständen lebensgefährlich hätte werden können. Dadurch gewann Rory erneut viele Sympathien auch bei allen möglichen Leuten, welche nicht unbedingt zu seinen Fans zählten. Später hörte Sebastian über dieses Unternehmen, dass es wohl zwischen der IRA und Rorys Management irgendwelche Gespräche gegeben habe, in denen so etwas wie ein Stillhalteabkommen vereinbart werden konnte. Dennoch war und blieb Rorys Unternehmen heldenhaft.

Die „Irish Tour `74" galt im Verlaufe von Rorys Karriere als sein wohl bestes und durfte in nahezu keiner Sammlung eines gitarreninteressierten Rockfanatikers fehlen. Sebastian hingegen besaß – wie sollte es anders sein? – kein Geld für ein Doppelalbum und beurteilte von daher seine unmittelbaren Zukunftsaussichten erneut als außerordentlich trübe. Rettung nahte, als sein Vater zum ersten Mal seit über einem Jahr Sebastian und seine beiden Geschwister besuchte und bei dieser Gelegenheit mit ihnen einen kleinen Ausflug ins nahe gelegene Venlo jenseits der holländischen Grenze unternahm. Als sich dort jeder der Kinder etwas aussuchen durfte, hatte Sebastian zufällig sogleich eine Idee und hielt nur kurze Zeit später ein silbrig glänzendes Doppelalbum mit wirklich dem Namen „Irish Tour `74" in seinen Händen, welches er so vorsichtig trug wie eine Mutter ihr neugeborenes Baby. Für ihn gab es ab jetzt ein neues Heiligtum.

Bei Rorys darauf folgender Veröffentlichung mit Namen „Against The Grain" war Sebastian beim ersten Hören etwas konsterniert. Der Anfangssong „Let Me In" war zweifellos ein Knaller, jedoch von der Art, wie man ihn bis dahin von Rory eigentlich nicht gewohnt war. Sebastian musste sich sogar ehrlich eingestehen, dass er ihm eine kleine Spur zu hart geraten war. Natürlich enthielt das Album auch ruhigere Stücke in gewohnter Art und Weise, dennoch empfand Sebastian wirklich uneingeschränkte

Liebe erst wieder für den Nachfolger von „Against The Grain", nämlich die absolut phantastische „Calling Card".

Inzwischen wurde viel von einem reinen Akustik-Album gesprochen, welches Rory schon immer mal machen wollte, aber leider noch nie hingekriegt hatte. Dieses sollte der nächste Hit werden, das nächste Projekt. In Wirklichkeit jedoch erschien in diesem Jahr gar nichts. Sebastian hoffte und hoffte, hörte „Moonchild" und hörte „Edged In Blue" auf „Calling Card" tagaus und tagein, rauf und runter, aber nach Ablauf eines Jahres war immer noch nichts geschehen.

In dieser Zeit erfreute sich Rory allgemein einer ziemlichen Popularität. So verwunderte es Sebastian nicht, als sein alter Kumpel Jochen ihm eines Tages erzählte, er wäre vor kurzem in Belgien gewesen und hätte dort rein zufällig Rory gesehen. Natürlich war Sebastian sofort hellauf begeistert.

„Ja, ich habe ihn wirklich gesehen", versicherte Jochen.

„Warst du auf einem Konzert?"

„Nein, nein, an einer Kneipe saß er."

„Wieso an einer Kneipe??"

„Nun ja, ich gehe da so lang und plötzlich bemerke ich eine Menschenmenge. Also gehe ich hin, um nachzuschauen und sehe Rory Gallagher auf der Treppe sitzen."

„Und was hat er dort getan?"

„Tja, er saß da mit seiner Gitarre und spielte irgendein Stück."

„Also mit einer akustischen Gitarre."

„Jaja, genau, es war eine akustische."

„Und was spielte er, hast du das zufällig gehört?"

„Ja also, eehm."

Jochen wirkte mittlerweile ein wenig verunsichert, ganz im Gegensatz zu Sebastian, welcher natürlich gerade zur Höchstform auflief. Schließlich ging es um Rory.

„Auf der letzten Scheibe ist so ein akustisches Stück, das heißt ‚Barley And Grape Rag' - war es vielleicht das?"

„Ja genau, das war es, so hieß es. Jetzt erinnere ich mich wieder", nahm Jochen den zugespielten Ball gerne an.

Sebastian war innerlich stark aufgewühlt. Immerhin hatte er gerade mit jemandem gesprochen, der ernsthaft versicherte, seinem Rory begegnet zu sein. Oder waren vielleicht doch Zweifel angebracht? Jochen war nämlich dafür bekannt, dass er gerne mal etwas zu dick auftrug.

Als Sebastian seinem Bekannten übrigens nach Jahren noch mal in einer Kneipe begegnete, versuchte Jochen gerade ziemlich heruntergekommen und betrunken, irgendwie nach Mönchengladbach ins Bordell zu gelangen, aber keiner der Jungs am Tresen wollte ihn begleiten. Dem ziemlich schockierten Sebastian wurde bei dem traurigen Anblick, den sein früherer Bekannter bot, mal wieder sehr deutlich, dass viele seiner alten Freunde und Bekannte sich meilenweit von ihm entfernt hatten – sofern sie überhaupt noch lebten.

Unterdessen hatte sich Sebastian sehr unglücklich in ein hübsches Mädchen mit langen braunen Haaren verliebt, das sich ihrerseits als großen Rory Gallagher-Fan bezeichnete und mit dem Sebastian in ihrer allzu kurzen Beziehung auch so manches Mal über das gemeinsame Idol sprach. Es war das Mädchen, dem Sebastian schließlich sogar einen dreizehnseitigen Brief schrieb, um tausend Dinge zu erklären, welche es vermutlich gar nicht verstand, weil es noch viel zu jung dazu war. Und ihre Begeisterung für Rory war nicht wirklich ehrlich und tiefgehend wie bei ihm selbst, sondern hatte lediglich entwicklungsbedingte, um nicht zu sagen pubertäre Gründe. Dies wurde Sebastian irgendwann klar. Nach dem Ende dieser Beziehung war Rory dann Sebastian immer mit einigen Zeilen aus seinem Song „Maybe I Will" behilflich.

Wake up in the morning,
it`s a brand new day.
Although it seems the same,
it`s different from yesterday.

Das Leben ging also weiter und allmählich sorgte sich Sebastian ohnehin etwas um Rory, zumal dieser Zeitungsmeldungen zufolge bei den Stones als neuer Gitarrist im Gespräch sein sollte, die gerade auf der Suche waren nach einem Ersatz für den eben ausgestiegenen Mick Taylor. Es galt, einen neuen Saufkumpel für Keith Richards zu gewinnen, den dieser in Mick Taylor nie gehabt hatte, in Rory aber sehr wohl finden konnte. Insofern war vielleicht etwas dran an dem Gerücht. Eventuell würde es Rory Gallagher in naher Zukunft also nicht mehr als selbstständigen Musiker, sondern nur noch als Name auf einer Stones-Scheibe geben – ein Gedanke, mit dem Sebastian sich nicht abfinden wollte.

Der neue Gitarrist der Rollenden Steine wurde schließlich Ron Wood, mit Keith zusammen konnte er jetzt so viel saufen wie er wollte und Rory brachte geschlagene zwei Jahre nach „Calling Card" endlich „Photo-Finish" heraus, eine echte Rockscheibe, für die Sebastian mittlerweile auch wirklich bereit war, die er für seine innere Befindlichkeit sogar jetzt ehrlich benötigte.

Während er die „Calling Card" an einem wunderschönen Oktobertag mit seiner Rory Gallagher-Freundin gemeinsam in den Niederlanden erstanden hatte, erreichte ihn „Photo-Finish" in der nächsten, dieses Mal sehr ernsten Beziehung. Weil Sebastian natürlich wieder kein Geld besaß, denn daran hatte sich immer noch nichts geändert, erwarb seine neue Freundin Esther kurzerhand das Album, damit sie es sich zusammen anhören konnten. Für Sebastian blieb dies eine der ganz wenigen schönen Erinnerungen im Zusammenhang mit ihr und es war für ihn lediglich eine Enttäuschung mehr, als er dieses Album später einmal bei Esthers Bruder stehen sah, dem sie die Platte offensichtlich gedankenlos überlassen hatte. Ihr Lieblingssong auf Photo-Finish war „Brute Force & Ignorance" gewesen, was Sebastian nie so ganz nachvollziehen konnte, aber über Geschmack streitet man ja nicht.

Gemeinsam mit Esther verwirklichte Sebastian einen Traum. Es war nicht der einzige Traum, den er mit ihr realisierte, aber an diesem Mittwoch fuhren sie gemeinsam nach Düsseldorf und erlebten „Rory Gallagher and his Band". So nämlich lautete die Aufschrift auf dem hellblauen Ticket. Sebastian war natürlich wie gelähmt und stand den Großteil der Show unmittelbar neben dem linken Boxenturm, was ihm zwei Tage Ohrensausen einbrachte. Nun hatte er seinen Rory wirklich mal live erlebt, seinen „Anti-Star im karierten Kaufhaushemd" mit der legendären Fender Stratocaster, die Rory spielte und die Sebastian ebenfalls mit seinen eigenen Augen sehen durfte.

Die Beziehung mit Esther ging zu Ende und während Sebastian ihr noch nachtrauerte, erschien ein Jahr später bereits „Top Priority", ebenfalls ein Rocker. Kommerziell würde es sogar Rorys erfolgreichstes Album werden. Es war wieder eine tolle Platte geworden, dennoch vermisste Sebastian mehr und mehr den alten, etwas angefolkten und bluesigen Geist von „Deuce", „Blueprint" oder „Tattoo". Sowohl bei „Photo-Finish" als auch bei „Top Priority" handelte es sich nun um Alben, bei denen Sebastian sogar leichte Hardrock-Ambitionen ausmachte und als Hardrocker wollte er Rory eigentlich nicht so gerne. Bestätigt sah sich Sebastian beim zweiten Konzert von Rory, der

„Top Priority-Tour", wozu er genau ein Jahr nach seinem ersten Konzert ganz alleine mit dem Zug nach Münster reiste. Esther war nicht mehr bei ihm, er war einsam, also fuhr er nun wenigstens zu seinem Rory, um bei ihm sein zu können. Und der machte dann mit kariertem Hemd und Jeansweste in der Tat einen Höllenlärm, was Sebastian in seinem Elend wegen Esther noch mehr betrübte. Es war ihm einfach und ehrlich zu laut!

Als die Zeit nahte, zu der Sebastian die Halle hätte verlassen müssen, um den letzten Zug zu erwischen, überlegte er eine kurze Weile und entschied sich dann zum Bleiben. Er durfte einfach keinen Song von Rory verpassen. Auch die Zugaben mussten mitgenommen werden und Rory spielte nicht selten drei Stunden. Dass es eine lange Nacht werden würde, ahnte Sebastian zu diesem Zeitpunkt noch nicht …

Irgendwann war dann Schluss und Sebastian fand sich draußen vor der Halle wieder, in der Dunkelheit und zu später Stunde. Und in Münster, wo er überhaupt keinen Menschen kannte mit Ausnahme von Esther. Sie würde aber mit Sicherheit gerade neben einem anderen liegen und wäre auch ansonsten für Sebastian keine Adresse mehr gewesen. Also stellte er sich an eine unbekannte Straße und hielt den Daumen in den kühlen Abendwind, während die Menschentraube, welche eben noch aus der Konzerthalle herausgeströmt war, sich zügig auflöste und Sebastian ganz schnell ganz alleine in der Dunkelheit stand.

Als endlich jemand anhielt, durfte er sogar bis nach Dortmund mitfahren. Am Hauptbahnhof ließen sie ihn aussteigen und wünschten viel Glück. Der letzte Zug war aber auch dort weg und außerdem befand sich Sebastian zu diesem Zeitpunkt das erste Mal in seinem Leben im unbekannten Ruhrgebiet und dann gleich in solch einer öden Großstadt.

Nachdem Sebastian versehentlich ausgerechnet in der Ecke der Bahnhofshalle gewartet hatte, in der sich offensichtlich nachts alle Schwulen dieser Stadt versammelten, wurde er sogleich in eindeutiger Weise angesprochen. Er winkte ab und verzog sich erst mal aus der Halle nach draußen, wo er die Straße am Hauptbahnhof trampend entlanglief, bis wieder ein Auto hielt. Dabei handelte es sich um einen schönen alten Opel Rekord Caravan, dessen beleibter Fahrer wohl um die fünfzig Jahre alt sein mochte. Hinten im Wagen lag eine Menge Gerümpel, der Mann war vermutlich in Ordnung, wie Sebastian bei einer kurzen Unterhaltung schnell feststellte. Da er im Grunde gar nicht richtig verstand, wieso jemand mitten in der Nacht in einer Großstadt wildfremde Typen einladen kann, erkundigte er sich einfach mal vorsichtig.

„Eeehm, haben sie eigentlich gar keine Angst, wenn sie nachts fremde Leute mitnehmen?"

„Nein, habe ich nicht. Wieso?"

„Nun ja."

Darauf griff der Mann am Steuer gelassen in seine Jackentasche und präsentierte Sebastian eine gut geputzte Knarre. Somit war natürlich Sebastians Frage ausreichend beantwortet. Allerdings war dafür nun ihm reichlich unbehaglich zumute, erst recht, als der Mann ankündigte, einen kleinen Umweg zu fahren.

„Ich muss nur noch mal kurz zu einem Bekannten, um etwas abzuladen."

„Okay, gerne", konnte Sebastian kaum etwas anderes zur Antwort geben.

Damit fuhren sie irgendwo hin, wo Sebastian nicht einmal wusste, ob es sich eventuell schon wieder um eine andere Stadt handelte. Endlich erreichten sie ein abgerocktes Haus, wo beide ausstiegen und hineingingen. Sebastian wurde kurz bekannt gemacht und bald saßen sie zu dritt an einem einfachen Holztisch und tranken Kaffee. Im gleichen Raum stand noch eine ganze Reihe von Käfigen mit lauter süßen kleinen Katzen darin. Und obwohl es schon mitten in der Nacht war, liefen zu Sebastians Verwunderung auch noch einige reichlich verschmutzte Kinder herum. Die beiden Männer plauderten ganz vergnügt miteinander, wobei Sebastian nicht viel vom Inhalt mitbekam, weil trotz Kaffees sein erster richtig toter Punkt nicht mehr abzuwehren war. So wünschte sich Sebastian immer sehnlicher, dass die Reise bald weitergehen mochte. Als er mal unauffällig auf seine Armbanduhr schielte, stand der kleine Zeiger ungefähr auf der Drei.

Nach einer halben Ewigkeit fuhren sie dann doch mal weg von diesem Ort, ohne dass im Übrigen Sebastian erfahren oder gesehen hätte, was eigentlich auf- oder abgeladen worden war. An einer Autobahnauffahrt ließ der seltsame Vogel Sebastian schließlich aussteigen.

„Von hier aus kommst du auf jeden Fall gut weiter."

„Super, dann vielen, vielen Dank und tschüss."

Sebastian stand und stand sich die Beine in den Bauch und wer dann schließlich anhielt, das war ausgerechnet die Polizei.

„Polizei, guten Abend. Was machen sie hier?", fragte der Beamte reserviert.

„Ich trampe nach Hause", erwiderte Sebastian ebenso reserviert. Ein Small Talk mit der Polizei hatte ihm jetzt gerade noch gefehlt.

„Soso. Wo kommen sie denn her?"

„Aus Münster von einem Rory Gallagher-Konzert."

Sebastian wurde allmählich etwas säuerlich. Das hatte er nun wirklich nicht verdient.

„Kann ich bitte mal ihren Ausweis sehen?"

„Ja."

Mit Sebastians Papieren setzte sich der Polizist in den Streifenwagen und gab bei geöffneter Tür Sebastians Daten durch.

„Name: Sebastian Petry. Ausweis Nummer 14071959."

„Der 14.07.1959 ist mein Geburtsdatum!", rief Sebastian korrigierend ins polizeiliche Mikrophon hinein.

Nachdem die Ordnungshüter dann auch nichts weiter zu bemängeln hatten, gab der eine von ihnen den Ausweis zurück und wünschte sarkastisch eine gute Weiterreise. Nett und bürgerfreundlich wäre nach Sebastians Meinung gewesen, wenn sie ihn ein schönes Stück weiterbefördert hätten, wo sie doch sowieso nur in der Gegend herumfuhren.

Schon stand Sebastian wieder alleine genau da, wo er schon so lange gestanden hatte. Es gab einfach kein Fortkommen in dieser Nacht. Wo zum Teufel blieben all die Autos?

Als nach ewiger Zeit endlich mal jemand vor ihm hielt, bot man ihm das äußerst attraktive Ziel des Dortmunder Hauptbahnhofs zum zweiten Mal an. Jetzt hatte Sebastian endgültig die Schnauze voll, stieg ein und fuhr wieder mit zurück. Die Nacht war im Eimer, also war nun auch alles egal. Am mittlerweile bekannten Bahnhof angekommen, stellte Sebastian mit einem Blick auf den Fahrplan fest, dass der erste Zug erst um fünf Uhr dreißig fahren sollte, weil ja schließlich inzwischen Sonntag war. Ach ja!

Mit nur noch ein paar Münzen in der Tasche für eine Tasse Tee betrat Sebastian die Bahnhofskneipe. Zu seinem grenzenlosen Erstaunen fand in dieser Kneipe morgens um fünf Uhr eine rauschende Party statt! Dort saßen nämlich viele Obdachlose beisammen und sangen fröhlich miteinander Lieder, während einer von ihnen mit dem Akkordeon durch die Reihen tanzte. Das war nun wieder recht schön, zumal Sebastian draußen vor dieser Bahnhofsgaststätte erneut von demselben Freier angesprochen worden war, der offenkundig sein Augenmerk auf ihn gelenkt hatte und immer noch keinen anderen für eine traute Zweisamkeit gefunden zu haben schien.

Als Sebastian am Ende dieser langen Nacht schließlich im ersten Zug nach Hause fuhr, war dieser gerade erst im Einsatz und daher noch gar nicht beheizt, so dass der abgekämpfte Konzertbesucher zum Abschluss dieses Horrortrips auch noch ein wenig bibbern durfte.

Nachdem er endlich in seinem Bett lag, erinnerte Sebastian sich vor dem Einschlafen daran, dass er irgendwann in den letzten zwölf Stunden doch mal ein Konzert von Rory gesehen haben musste…

Die Jahre zogen ins Land und Sebastian besuchte selbstverständlich regelmäßig die Konzerte seines Gitarrenidols. So stand er in Köln nach einer Show mal spätabends auf dem Bahnhof und wartete auf seinen Zug, der jeden Augenblick kommen musste. Plötzlich rief ihn jemand vom gegenüberliegenden Bahnsteig mit seinem Vornamen an. Als Sebastian hinschaute, sah er zu seiner großen Verwunderung dort seinen Bruder stehen, welcher zu dieser Zeit gerade in Köln wohnte und für den diese Stadt außerdem der letzte Wohnort seines Lebens sein sollte. Vorher hatte er jedoch an diesem Abend Rory Gallagher live gesehen, den absoluten Hero seines älteren Bruders. Und seinen Bruder hatte er zwar nicht in der Halle, dafür aber wenigstens hier am Bahnsteig getroffen. Obgleich Sebastian sich wirklich sehr freute, schmerzte es ihn allerdings auch, durch die Schienen und den herannahenden Zug getrennt, seinem Bruder nicht mal die Hand geben und mit ihm ein paar Worte wechseln zu können, denn schließlich sahen sie sich viel zu selten.

Im Münsterland auf einem Open Air-Festival mit Rory wurde Sebastian mal reichlich schwindelig – nicht nur wegen der vielen Leute um ihn herum. Auf der Loreley trat im Vorprogramm zu Rory statt der erwarteten süßen Lee Aaron leider nur Graham Parker auf und beim nächsten Mal bei Rory wieder in Köln traf Sebastian am Bierstand sogar seinen alten Freund Arno wieder. War das ein Spaß! Der alte Leidensgefährte war mittlerweile Arzt geworden und interessierte sich ebenfalls immer noch für Musik und immer noch für Rory - na also!

In Hannover sollte der Gitarrenmeister ebenfalls spielen, als Sebastian, schon wesentlich früher angereist, mit einem kühlen Bier in der Hand am Nachmittag gemütlich über das Festivalgelände schlenderte. In einem der zahlreichen Zelte sah er auf der Bühne jemanden, der ihm mehr als bekannt vorkam und der irgendeinen Hit aus den fünfziger Jahren mit wirklich toller Stimme zum Besten gab. Sebastian dachte nach und dachte nach, bevor ihm einfiel, dass es sich bei diesem guten Sänger tatsächlich um Rorys Harp-Man Mark Feltham handelte, welcher vermutlich aus einer Laune heraus mal eben eine kleine Gesangseinlage zum Besten gab!

Nur einen Tag später sah Sebastian seinen Rory schon wieder auf dem nächsten Open Air-Gelände in einer anderen Gegend – schließlich war ja Sommer. Dort spielte er, offen gesagt, nicht sein allerbestes Konzert. Aber wer vermochte schon kontinuierlich auf demselben Level zu bleiben, gab es nicht bei jedem Ups and Downs? Und selbst wenn Rory dieses Mal nur halb so gut spielte, so war es doch immer noch Rory.

Übrigens war eines auch für Sebastian immer klar: Rory zählte mit seinem eher etwas kehligen Gesang niemals zu den besten Sängern aller Zeiten. Da gab es andere wie etwa den unerreichten Jim Morrison. Selbst was das Zupfen der

Gitarre anbelangte, so räumte selbst einer der ganz Großen wie Rory bescheiden ein, dass es sich allein bei Jimi Hendrix um den wirklich allerbesten Gitarristen aller Zeiten gehandelt hatte. Dass Hendrix aus seiner Gitarre Töne herauskitzeln konnte, die ihm bis heute niemand nachgemacht hat, das wussten alle. Auch Eric Clapton dachte so. Darum ging es bei Rory als dem „Kumpel aus Cork" aber auch gar nicht so sehr. Seine Stärken lagen an anderer Stelle. Unbestritten spielte er eine ganz ausgezeichnete Gitarre und besaß seinen ureigenen und völlig unnachahmlichen Sound. Genau dies machte ihn musikalisch aus. Darüber hinaus war Rory bei allem Ruhm aber auch immer ein Mensch geblieben, nie einfach nur Star. Im Gegenteil war er viel zu bescheiden, um ständig nur vor laufenden Kameras zu stehen und oberflächliches Zeug von sich zu geben. Aus diesem Grunde hatte er sich auch immer geweigert, Singles rauszubringen, weil er dann immer zu doofen Fernsehshows hätte anreisen müssen mit Sprüchen im Gepäck wie „Dies ist meine beste Scheibe …"

Bei irgendeiner Fernsehsendung wurde Rory übrigens mal gebeten, wegen der Lichtverhältnisse im Studio statt seiner schwarzen doch möglichst eine blaue Jeans anzuziehen, weil dies farblich einfach einen besseren Kontrast ergäbe. Rory sicherte dies sofort zu.

„Ja natürlich, ist in Ordnung, ich werde eine blaue Jeans tragen."

Er kam dann natürlich doch in einer schwarzen Hose. So war Rory. Ihn interessierte immer nur Musik und nie etwas anderes. Wenn nicht sein Bruder Donal von Beginn an seine Karriere begleitet und geleitet hätte, dann wäre Rory wie so viele andere Stars längst irgendwo versumpft, von skrupellosen Managern ausgebeutet und so lange von einem Tonstudio ins nächste gejagt, bis jegliche Power und musikalische Kreativität erloschen wäre. Aber Donal gab eben immer gut auf ihn Acht, wogegen er ihm das Trinken allerdings nicht abzugewöhnen oder wenigstens in gesündere Bahnen zu lenken vermochte.

Privat interessierte sich Rory für Kriminalromane und Filme. Er liebte Romy Schneider und Lino Ventura. Bei Rory handelte es sich wirklich um einen ungeheuer wertvollen und liebenswerten Menschen, der sonntags normalerweise bei seinem Bruder Donal zum Essen ging und dabei ziemlich darunter litt, dass Donal eine eigene Familie hatte und er selber nicht. Rory war schon in jungen Jahren, als sein Bruder und seine Freunde sich für Mädchen zu begeistern begannen, nicht mit auf Parties gegangen, sondern hatte immer und immer nur dafür gearbeitet, ein Profi zu werden, was ihm letztendlich ja auch gelungen war. Rory blieb sich zeitlebens immer treu, blieb immer ehrlich und bescheiden und war auch insofern vorbildlich.

Übrigens hatte Rory Jimi Hendrix nie persönlich kennen gelernt, war dafür allerdings mal im gleichen Flugzeug mit ihm unterwegs. Da Rory damals noch ganz am Beginn seiner Karriere stand und außerdem ja sowieso ziemlich schüchtern war, traute er sich leider nicht, bei dem schon berühmten Jimi Hendrix vorzusprechen.

Lediglich zwei Wochen nach den letzten beiden Open Airs sah Sebastian Rory zur Abwechslung mal wieder in einer Halle. Und dieses Konzert sollte für den großen Fan die unglaubliche Verwirklichung eines Traumes werden.

Die Kontakte unter den begeisterten Rory-Fans waren im Laufe der Jahre internationalisiert worden. So lernte Sebastian nette Menschen aus Belgien kennen, den Niederlanden und auch der Schweiz. Dabei handelte es sich um Leute, die seine Begeisterung für Rory teilten und sogar in vereinzelten Fällen etwas übertrieben. Zum Beispiel hatte eine Frau in den Niederlanden vor Jahren tatsächlich mal eine Art Techtelmechtel mit Rory gehabt – für sie offensichtlich ein sehr bleibender Eindruck, denn immer noch reiste sie nicht nur zu allen möglichen Konzerten von Rory, sondern wartete auch noch stundenlang nach der Show in der Garderobe oder irgendwo anders im Backstage-Bereich, um nur mal kurz ein paar wenige Worte mit einem nach dem Konzert verständlicherweise müden Rory zu wechseln. Einer der belgischen Fans wurde mal von ihr mitgeschleppt und fand sich plötzlich mit Rory und anderen Musikern am selben Tisch, wo gemeinsam gespeist wurde. Rory hatte an jenem Abend keine Zeit oder keine große Lust, ausgiebig Konversation zu betreiben. Ansonsten jedoch hatte Rory wirklich immer ein offenes Ohr für seine Fans. Er war immer freundlich, blieb immer zurückhaltend und bescheiden, eben typisch Rory.

Da Anna aus den Niederlanden an diesem Abend jedoch mit dem belgischen Fan Raimund zusammen im Auto unterwegs war, musste Raimund wohl oder übel mit ihr zusammenbleiben, wenn er anschließend noch nach Hause kommen wollte. Für ihn war die Situation nicht so prickelnd und er versicherte im Laufe des Abends Rorys Bruder Donal, dass er wirklich nur aus diesen bestimmten Gründen mit am Tisch säße und es ihm ansonsten eher unangenehm sei.

In mancher Hinsicht zeigte die Verehrung für Rory eben in der Tat etwas übertriebene Auswüchse und für Sebastian war dies nichts. Dennoch besaß Anna durch ihre Beharrlichkeit und die Bereitschaft, Rory in den Mittelpunkt ihres Lebens zu rücken, etwa das Foto eines ziemlich luxuriösen Hotelzimmers, in welchem sie mit Rory mal etwas Zeit verbracht haben musste. Ebenso kannte sie in Rorys Londoner Büro jemand und verfügte daher regelmäßig über brandheiße Insiderinformationen wie zum Beispiel seinen derzeitigen Aufenthaltsort wo auch immer in der weiten Welt.

Von Donal hörte sie auch mal die wirklich rührende Geschichte über eine frühere gemeinsame Wohnung der beiden Brüder in London. Es war in der Zeit, in der Rory noch Saxophon spielte und im Badezimmer immer versuchte, seine Kenntnisse auf diesem Blasinstrument der Vervollkommnung näher zu bringen. Für Donal muss dies etwas anstrengend gewesen sein, denn es gab angeblich des Öfteren zwischen den beiden Brüdern schlechte Stimmung deswegen.

Durch die belgischen Freunde war nun in deren Heimatland der Kontakt zu einer Halle hergestellt worden, in welcher am Abend nach Rorys Auftritt ein Zusammentreffen zwischen Künstler und Fans stattfinden sollte. Das Konzert fand in einem alten Opernsaal statt und konnte getrost als eines der besten gelten, das Sebastian bis dahin von seinem Idol gesehen hatte.

Nach der Show wartete er mit seinen Freunden an der Garderobe, denn an diesem Abend sollte er endlich seinen Rory persönlich kennen lernen. Alle waren fröhlich und glücklich, aber was sich in Sebastians Kopf dabei abspielte, war im Grunde nicht in Worte zu fassen. Plötzlich sah er nämlich da vorne im Raum Rory stehen und mit ein paar Journalisten erzählen. Erst nachdem diese wieder gegangen waren, wurden Sebastian und seine Freunde reingebeten, damit nicht zu viele Leute auf einmal dem armen Rory auf den Geist gehen konnten. Das mutet vielleicht etwas seltsam an, aber schließlich handelte es sich um einen international bekannten Star, welcher noch dazu gerade ein Konzert beendet hatte. Während Bluesgrößen wie B.B. King vor ihren Garderoben sogar Bodyguards postierten, hatte Rory dies immer schon anders gehandhabt.

Plötzlich war alles genau so, wie Sebastian es früher so oft auf den Fotos in seinen zahlreichen Musikzeitschriften gesehen hatte: Rory mit seinen Fans. Damals waren das

Fotos aus einer anderen Welt gewesen, aber in diesem Augenblick durchschritt Sebastian gerade die Pforten zu dieser anderen Welt. Soeben bückte sich unmittelbar neben ihm Rory Gallagher zum Kühlschrank herunter, um für alle ein schönes Bier herauszuholen. Jeder wurde der Reihe nach vorgestellt, aber Sebastian wartete bis zuletzt und - nun ja - kam dann irgendwie gar nicht mehr weg von Rory. Zu lange kannte und verehrte er ihn schon und zu viel gab es, was allzu dringend besprochen werden musste. So unterhielten sich beide angeregt eine ganze Weile, was Sebastian aber erst dadurch bewusst wurde, dass ihn anschließend einer seiner Freunde fragte:

„Worüber habt ihr denn eigentlich die ganze Zeit gesprochen?"

Sebastian erinnerte sich nämlich nur noch an wenige Dinge. Alles geschah irgendwie in Trance und wurde daher schnell vergessen, wenngleich es wirklich geschehen war.

Ein allerdings unbekannter Fan hielt sich ebenfalls noch in der Garderobe auf. Als man in dessen Jackentasche ein kleines Aufnahmegerät entdeckte, musste er es sofort abliefern. Rory war darüber ziemlich sauer.

In späteren Jahren begegnete Sebastian Rory noch häufiger backstage, wo es natürlich nie mehr so traumhaft sein konnte wie beim ersten Mal. Und natürlich konnte man nicht jedes Mal erwarten, dass Rory sich stundenlang Zeit nahm. Ein Shakehands und einige nette Worte mussten genügen, schließlich hatte Rory gerade live gespielt und war ehrlich müde.

Während Sebastian dann manchmal in einer Garderobe rumsaß und wartete, plauderte er unter anderem mit Rorys Begleitmusikern. So erzählte er zum Beispiel Harpman Mark Feltham, wie er diesen mal in Hannover nachmittags gesehen hatte, als er jenen Song aus den fünfziger Jahren gesungen und wie gut diese Darbietung Sebastian gefallen hatte. Dafür bedankte sich Mark Feltham artig, weil er wohl merkte, dass Sebastian es wirklich ehrlich meinte.

Alle diese Jungs um Rory herum waren unglaublich nett und höflich, einfach wundervolle Menschen und Sebastian war sehr stolz, dass er sie kennen lernen durfte.

Dennoch konnte auf die Dauer niemandem entgehen, dass mit Rory etwas nicht in Ordnung war. Schon als Sebastian mit den anderen Mitgliedern der Band zusammensaß und endlich von oben des Meisters Schritte auf der Treppe zu hören waren, da passten diese nicht recht zu seinem Rory, zu dem quirligen Rory aus früheren Tagen.

Ihn zu sehen, war dann in der Tat schockierend. Völlig geistesabwesend, müde und mit neuerdings schwarz gefärbten Haaren kam er die Treppe hinunter. Die gefärbten Haare wurden allgemein darauf zurückgeführt, dass Rory gerade eine Midlife-Crisis durchlebte. Diese würde jedoch irgendwann vorbeigehen. Weitaus schlimmer war allerdings der Gesamteindruck, den Rory auf Sebastian machte. Hilflos, gar unglücklich sein Blick, wirkte er ausgelaugt und krank. Eben dies hatte Sebastian bereits vor der Show empfunden, als er zusammen mit ein paar Musikjournalisten im Schatten am Rande der Bühne stand, wo gerade eine andere Bluesband spielte.

Unmittelbar hinter ihm stand währenddessen übrigens zufällig Rorys sympathischer Drummer Brendan O`Neil. Dieser wollte einfach nicht aufhören, ohne Pause mit jemandem rumzuplaudern, anstatt sich eventuell mal für nur fünf Minuten auf die Band vor ihm zu konzentrieren. Dadurch gelangte Sebastian zu der Ansicht, dass es sich bei dem lieben Brendan O`Neil nicht nur um einen netten Kerl, sondern vielleicht auch um ein kleines Plappermäulchen zu handeln schien.

Bevor dann Rory vor seinem Publikum erscheinen sollte, kam er zunächst im hinteren abgesperrten Bühnenbereich durch eine Tür. Früher war es immer so gewesen, dass er auf die Bühne stürmte, als wollte er jetzt endlich Gas geben. Nun jedoch stand er im Schutze der Dunkelheit mit geschlossenen Augen - vielleicht, um sich zu konzentrieren, vielleicht aber auch, so dachte Sebastian plötzlich, weil es für Rory in diesem Augenblick nichts Schlimmeres geben konnte, als diese Bühne betreten zu müssen.

Den Einsatz zum Opener „Continental Op" vergeigte er gleich zweimal und fand erst beim dritten Mal den Einstieg, so dass aus dem Publikum sogar schon erste Pfiffe zu hören waren. Rory, der immer nur für seine Musik und seine Fans lebte, wurde von ein paar ignoranten Schwachköpfen ausgepfiffen!

Das letzte Mal sah Sebastian Rory in den Niederlanden. Wie bei den beiden ersten Konzerten überhaupt, die er sah, war es wieder September. Das Konzert war gut, und im Anschluss daran traf Sebastian Rory noch mal kurz auf dem Gang zur Garderobe. Einer der belgischen Freunde sprach Rory auf einen Film mit Lino Ventura an, den aber Sebastian nicht kannte. Musste man ja auch nicht zwingend.

Danach wurde es insgesamt etwas ruhiger um Sebastian. Zum Ersten hatte er eine Reihe von Bands schon gesehen und zum Zweiten wirklich genug mit seinem Hit Wave zu tun.

Und eben dort in seinem Record Shop sortierte er eines Nachmittags Platten, welche schlecht verkäuflich waren und daher zurückgeschickt werden sollten. Der kranke Rory, dies wussten alle, sollte in diesen Tagen eine neue Leber erhalten, weil seine alte durch den vielen Alkohol und Tabletten hinüber war. Soeben hatte David Crosby eine solche Prozedur erfolgreich über sich ergehen lassen. Immerhin war heutzutage selbst der Austausch einer Leber bereits eine Routineangelegenheit.

Plötzlich klingelte das Telefon.

„Hit Wave?", meldete sich Sebastian in seinem gewohnt fragenden Tonfall und in geduldiger Erwartung dessen, was da kommen mochte.

„Sebastian?"

„Yes."

„Hi Sebastian, hier ist Miro."

„Hi Miro. Wie ist die Lage?"

„Beschissen wie immer. Sag` mal, Sebastian, ich habe da gerade im Videotext gelesen, Rory Gallagher sei gestorben. Kann das sein?"

Wir schrieben den 14. Juni 1995, fünfzehn Uhr dreißig nachmittags und im Laden herrschte gähnende Leere.

„Wie, was hast du gelesen??"

„Rory Gallagher soll tot sein."

David Crosby genoss mit neuer Leber und nach Sebastians Kenntnissen auch neuer Frau gerade seinen zweiten Frühling. Wenige Wochen vorher erst hatte Sebastian allerdings den großen Verlust von Grateful Dead-Chef Jerry Garcia verkraften müssen, welcher ebenfalls ein Opfer seines Lebensstils geworden war. Und jetzt sollte tatsächlich...

„Gut, Miro, ich telefoniere sofort herum, du kannst dich ja noch mal melden."

Unmittelbar nachdem er den Hörer aufgelegt hatte, wählte Sebastian die Nummer von befreundeten Fans und gab ihnen die Nachricht brandheiß wie immer durch, verbunden mit der dringendsten Bitte, jetzt sofort mal die Flimmerkiste einzuschalten und im Videotext nachzuschauen. Dort stand es dann wirklich geschrieben.

Am Abend dieses Tages saß Sebastian ziemlich lange mit einem seiner Freunde am Tresen und trank nicht nur ein Bier. Vieles brach jetzt in ihm einfach weg. Nie mehr sollte er gemeinsam mit seinen belgischen Freunden auf Konzerten von Rory die Stirn runzeln, wenn dieser mal wieder einen seiner Lieblingssongs spielte, nämlich „Out on a Western Plain". Die Jungs standen nicht ganz so auf das Stück wie anscheinend Rory und hatten daher diese Gelegenheit immer gerne dazu benutzt, schnell eine Lage Bier nachzuholen.

Später erfuhr er dann, dass während Rorys Operation mehr oder weniger alle oder zumindest die entscheidenden Werte bei ihm nach und nach abgesunken seien. Seine Maschine hat sozusagen einfach den Geist aufgegeben. Kurz vorher war wohl schon allen Beteiligten klar, dass Rory sterben würde. In seiner letzten Nacht vor dem Tode hatten Bruder Donal und Freund Mark Feltham an Rorys Bett gesessen und über ihn gewacht. Dabei hatte Mark Feltham allein und ausschließlich für seinen Freund Rory die Harp gespielt.

Julian taucht auf

Eines war jedoch offensichtlich: Auch mit einer neuen Leber hätte sich Rorys Leben nicht entscheidend geändert. Wenn Donal sagt, dass Rory am Ende eine ganze Flasche Whisky pro Tag getrunken hat, wäre dies auch einer ausgetauschten Leber wohl nicht gut bekommen. David Crosby hatte eine Frau und sogar eine Tochter, er war richtig glücklich in seinem neuen Leben. Rory hatte dagegen nichts anderes als seine Gitarre und seine Musik gehabt. Er war immer schon ein melancholischer Mensch gewesen und Sebastian war sich nachher sicher, dass er die tiefe Trauer und Verzweiflung in Rorys Augen an jenem Abend durchaus richtig gedeutet hatte.

Als er Donal mal behutsam darauf angesprochen hatte, dass Rory nicht ganz fit wirke, hatte Donal hingegen lediglich geantwortet: „Well, he played three hours." Wenn Sebastian an jenem Abend noch vermutete, Donal wäre sein besorgter Unterton vielleicht entgangen, so wurde später sehr deutlich, dass er es sehr wohl verstanden hatte, aber was hätte Donal schon darauf antworten sollen!

Sebastian sah in einem kleinen Kölner Club später noch Jefferson Starship – wieder ohne Grace Slick, dafür jedoch immerhin mit Paul Kantner, Jack Casady und Teufelsgeiger Papa John Creach. Die Sängerin, welche offensichtlich als Ersatz für Grace Slick gedacht war, ersetzte diese durchaus und zwar nicht nur stimmlich.

Selbst tolle Konzerte mit Buddy Guy, Ray Charles, America und den Eagles konnten allesamt nicht darüber hinwegtäuschen, dass mit Rorys Tod natürlich eine Ära zu Ende gegangen war. Schnell zerfielen auch die internationalen Bande zwischen Rorys Fans, was Sebastian in manchen Fällen sehr bedauerte, denn es waren doch verdammt nette Jungs gewesen. Aber Rory war nicht mehr da und das Rad der Zeit ließ sich nicht zurückdrehen.

Dafür kündigte sich allerdings exakt in dem Jahr, in welchem Rory gestorben war, bei Sebastian und Layla Nachwuchs an. Sollte dies wirklich nur ein Zufall sein?

Mit diesem Nachwuchs in Laylas Bauch besuchten beide erst mal Eric Clapton, weil das letzte Clapton-Konzert für Sebastian nämlich schon viel zu lange zurücklag. Und für Julian – denn es war natürlich ein Sohn! - handelte es sich somit, streng genommen, um sein allererstes Konzert. Mochten die Schwingungen von Claptons Gitarrenspiel in seinen ungeborenen Leib übergehen! Amen.

Im Sommer desselben Jahres flogen Sebastian und Layla nach Irland. Dieses Land wollten sie immer schon mal kennen lernen, aber durch Rorys Tod erhielt dieser Urlaub nun einen ganz seltsamen Beigeschmack. Denn natürlich suchte Sebastian möglichst schnell den Friedhof auf, wo er Rory, seinen verstorbenen Rory besuchen konnte. Und da Irland nicht nur ein wundervolles Land ist, sondern die Iren auch ein sehr freundliches Völkchen, so wurde Sebastian auch gleich angesprochen, als er mit suchendem Blicke über den Friedhof ging.

„You`re looking for the grave of Rory Gallagher?"

Auf seinem Grab standen weiße Rosen, also Rorys Lieblingsblumen. Irgendwie war sich Sebastian sicher, dass sie von Rorys Mutter stammten, wenn er dies auch nicht hätte begründen können. Er stellte seine weißen Rosen dazu.

Damit stand Sebastian von allen Leuten, die er kannte und für die Rory immer der Beste bleiben würde, als erster an Rorys Grab.

Wieder daheim, wurde Laylas Leib von Tag zu Tag rundlicher. An dem Samstagabend, an welchem Julian sein Kommen mit aller Macht ankündigte, fuhren Layla und Sebastian kurz vor zweiundzwanzig Uhr ins Krankenhaus. Nach Aussage der Hebamme sollte bis drei Uhr morgens alles über die Bühne gegangen sein. Wäre es auch, wenn nicht Julian unmittelbar vorher noch mal kurz beschlossen hätte, sich zu drehen. Dadurch tat sich plötzlich rein gar nichts mehr, die junge Hebamme war ziemlich schnell restlos überfordert und es wurde eine Gynäkologin hinzugezogen, welche sich nach einer gewissen Zeit jedoch ebenfalls nicht mehr in der Lage sah, Julian einen schnellen Rutsch in diese Welt zu ermöglichen. Also musste mitten in der Nacht der Chefarzt aus seinem warmen Bett geholt werden. Weil sich alles schon viel zu lange hinzog, drohten Julian mittlerweile ernsthafte gesundheitliche Konsequenzen, denn durch eine mangelhafte Versorgung des Gehirns mit Sauerstoff können Schädigungen auftreten, welche zu lebenslangen Behinderungen des Kindes führen.

Dadurch, dass dies alles ewig lange andauerte und Sebastian in dieser Nacht einfach nichts anderes tun konnte, als abwechselnd zu seiner leidenden Layla und zum Fenster hinaus zu schauen, bemächtigten sich seiner eine Menge ziemlich finsterer Gedanken. Dort draußen war es nun schon seit Stunden dunkel, nass und kalt und niemand lief freiwillig herum. Hier drinnen stieg währenddessen mit jeder Minute die schreckliche Wahrscheinlichkeit, dass er für den gesamten Rest seines Lebens ein behindertes Kind haben würde.

Neil Young hatte drei Kinder, von denen zwei behindert waren. Auf seinem ansonsten relativ schwachen Album „Landing On Water" gab es eine Aussage, die Sebastian spätestens in der jetzigen Situation absolut zutreffend fand:

„The wooden ships were just a hippie dream."

Bei dieser Zeile handelte es sich um eine Anspielung auf den Song der Jefferson Airplane, in dem diese noch von „Wooden ships on the water very free and easy" gesungen hatten. Das ging in Ordnung, wenn man jung und frei war und keine Verantwortung trug. Aber nichts war mehr mit free and easy in dieser Nacht, alles nur Träumerei im wirklichen Leben, in der Realität hier und jetzt in diesem verdammten Krankenhaus. So hatte Neil Young dies gemeint und so behielt er Recht. Der Hippietraum blieb als Traum in Ordnung, sozusagen aus legitimen Entspannungsgründen, aber was zur Hölle sollte denn nun mit Julian geschehen und mit Layla – und mit ihm, Sebastian?

Der Chefarzt galt als sehr erfahrener Mann. Auf der Stirn eben dieses erfahrenen Arztes entdeckte Sebastian nach einem unendlichen Augenblick jedoch eine Menge kleiner Schweißperlen, welche ihn ebenfalls nicht gerade entspannt wirken ließen. Sehr beruhigend!

„Um nachzuschauen, wie dringend ein eventueller Kaiserschnitt ist, müsste ich hier oben am Kopf dem Kind Blut abnehmen. An dieser kleinen Stelle wachsen dann aber später keine Haare mehr. Sind sie damit einverstanden?" wandte der Arzt sich vertrauensvoll an Sebastian.

„Ja", antwortete Sebastian kurz und dachte daran, dass schließlich im einst hohen Alter auf Julians Kopf ohnehin keine Haare mehr sein würden – von wegen Glatze! Und überhaupt war ihm diese Stelle mit und ohne Haare im Augenblick so unglaublich egal.

Während unten im Operationssaal schon alles für einen Kaiserschnitt vorbereitet worden war – angeblich wartete man dort bereits auf Layla – zog und zerrte der Chefarzt nicht nur mit der Saugglocke, sondern anscheinend auch

101

noch mit all seinen Kräften an Julians weichem Schädel herum, der dadurch natürlich immer länger wurde. So wurde automatisch auch Julians Gesicht immer länger und der arme Junge sah mittlerweile aus wie ein gefährlicher Zombie.

So liefen also heutzutage Horrorträume ab.

„Meine Güte, der stirbt uns ja weg", sprach der erfahrene Chefarzt plötzlich und führte so Sebastian endgültig vor Augen, wie ernst die Lage wirklich war.

Kurz vor sechs Uhr an diesem Morgen war Julian dann doch draußen und Layla ohnmächtig. Wer sich nun jedoch in dem naiven Glauben befindet, man hätte gewissermaßen als Happy End das nervöse Krähen eines Neugeborenen vernommen, der irrt. Nichts war zu hören, Julian regte sich nicht, so dass der Arzt es für geboten hielt, mit dem kleinen Etwas auf seinem Arm einen kleinen Sprint zum nächsten Raum hinzulegen, in welchem sich das Sauerstoffgerät befinden sollte. Dicht hinter ihm folgten im selben Tempo Hebamme, Gynäkologin und zuletzt Sebastian, alle ziemlich eilig. Nachdem Julian eine gute Dosis Sauerstoff erhalten hatte, krähte er endlich wirklich wie ein neugeborenes Baby. Damit musste Sebastian folgerichtig nun Vater sein.

Als eine Woche später Julian und seine Mama nach Hause kamen, liefen dort gerade die Rolling Stones. Sebastian hatte mitnichten irgendetwas in dieser Richtung geplant, etwa: Die Stones sollen als erste Band für meinen Sohn aufspielen oder so ähnlich. Dann wären sowieso vermutlich andere Platten eher infrage gekommen. Nein, laufen sollte vielmehr die Musik, welche bei Sebastian zurzeit ohnehin am häufigsten aus den Boxen kam. Und das waren in diesen Wochen nun mal gerade die Stones. Insofern handelte es sich dann doch wieder um so etwas wie ein planendes Vorgehen.

Der kleine Julian war ja nun ein Sonntagskind geworden und entwickelte sich auch dementsprechend. Für Sebastian stellte sein kleiner Sonnenschein fortan den Mittelpunkt seines Lebens dar. Ihm spielte er – wenn auch leise und behutsam – viele seiner schönen Scheiben vor. Während er geduldig versuchte, beim Hören einzelne Instrumente zu erklären, hockte der kleine Liebling manchmal ganz dicht vor einer der Boxen und lauschte der Musik, als ob er versuchen wollte, den Klängen dadurch näher zu sein. Für Sebastian war dies faszinierend anzusehen und er war mehr als stolz auf seinen Sohn.

Dennoch ließ der nächste Schock nicht lange auf sich warten. Bei einer der regelmäßigen Routineuntersuchungen riss der praktizierende Orthopäde dem armen Julian nicht nur seine kleinen Beinchen auseinander, was dieser jedes Mal mit lautem Protestgeschrei quittierte, sondern verschrieb zusätzlich eine Runde Gymnastik. Im Gymnastikstudio erkundigte sich die besorgte Mutter nach den Hieroglyphen, die der Orthopäde unten auf der Überweisung notiert hatte.

„Dies bedeutet: Verdacht auf Spastik", beantwortete eine freundliche Krankengymnastin gerne die ahnungslose Frage. Völlig von der Rolle irrten Julians Eltern daraufhin zurück zum Orthopäden und erfuhren dort durch eindringliches Nachfragen lediglich indirekt, dass dieser Arzt grundsätzlich bei Neugeborenen Gymnastik als sinnvoll erachtet. Um dies vor den Krankenversicherungen zu rechtfertigen, pflegte er seinen Spastik-Verdacht zur Absicherung mehr oder weniger regelmäßig auf den Überweisungen zu notieren. In Wahrheit war der kleine Julian also kerngesund und würde schon bald beim örtlichen Fußballverein angemeldet werden, wo er als linker Verteidiger mit seinen Sportsfreunden auf dem Rasen dem runden Leder hinterherhetzten sollte.

Noch in der Zeit, in welcher Julian langsam sprechen gelernt hatte, äußerte er auch zum ersten Mal Vorlieben für
bestimmte Lieder, die er etwa bei gemeinsamen Autofahr-
ten mit seinem Vater ununterbrochen serviert bekam. Besonders mochte Julian den Song „Love Street" von den
Doors. Sebastian dachte ausgerechnet bei diesem Song
immer daran, dass dies früher einmal „ihr gemeinsamer"
Song gewesen war in seiner Beziehung mit Esther, weil sie
„Love Street" ebenfalls sehr gemocht hatte. Dies lag inzwischen bereits ein Vierteljahrhundert zurück und war
kaum noch wahr.

Julians Lieblingslied über mehrere Jahre hinweg blieb
jedoch ein Song auf dem Album „Sunfighter" von den
Jefferson Airplane-Leuten Paul Kantner und Grace Slick.
Zu der Zeit, in der diese Platte aufgenommen wurde, waren
Paul Kantner und Grace Slick ein Pärchen und auf dem
Cover hob jemand ein Baby aus dem Meer vor dem Hin-
tergrund eines riesigen Sonnenfeuerballs.

Was allerdings Julian interessierte, war die Musik, welche den Boxen entströmte. Und da lies Paul Kantner auf
seinen Scheiben ja immer mal gerne ein Raumschiff flie-
gen – akustisch natürlich. Auf „Sunfighter" tat er dies
besonders intensiv. Immer und immer wollte Julian diesen
Song hören und lief dann jedes Mal während des Flugge-
räusches mit ausgebreiteten Armen um den Tisch herum,
sehr schnell und lachend, so dass ihm dabei mit Sicherheit
ein wenig schwindelig wurde. Vielleicht war dies ja von
ihm durchaus gewollt.

Julian mochte auch Rory sehr gerne. Unbestreitbar hatte
dies etwas zu tun mit der Vorbildfunktion seines Vaters, da
machte sich Sebastian keinerlei Illusionen. Überhaupt war
ja Rory nur für ihn selbst dermaßen von Bedeutung und
dass Julian später mal ganz andere Klänge bevorzugen und
die alten Scheiben seines Vaters schlimmstenfalls sogar in

die Tonne kloppen, das heißt verkaufen würde, war schon klar. Umso mehr verwunderte es Sebastian, dass sein geliebter Julian, während sie eines Morgens am Frühstückstisch mal wieder rein zufällig auf Rory zu sprechen kamen, plötzlich in Tränen ausbrach.

„Hey, warum weinst du denn jetzt?" fragte fürsorglich der Vater.

„Weil ich Rory noch nie live gesehen habe", schluchzte traurig der Sohn.

Schnell lenkte Sebastian das Gespräch auf einige Gitarrenhelden, die heute noch auftraten und versprach seinem Sohn, zu deren Konzerten mal mit ihm hinzufahren. Darauf beruhigte sich Julian.

Zu einer Zeit, in der einmal Sebastians völlig unverzichtbare und lebensnotwendige Stereoanlage ihren Geist aufgegeben hatte und ein deprimierender Tag ohne Musik drohte, stand plötzlich sein kleiner Sonnenschein vor ihm und hielt ihm den blau-weißen Mono-Kinder-Kassettenrecorder hin.

„Hier, Papa, damit du Musik hören kannst."

Solche Situationen vergegenwärtigten Sebastian dann jedes Mal erneut, was für einen wundervollen Sohn er doch hatte. Und er war sehr froh, dass sein Söhnchen wenigstens noch einige Male seinen alten Record-Shop besichtigt hatte. Dies war immer dann der Fall gewesen, wenn etwa Layla mit Julian zusammen ihn mal im Laden abgeholt hatte. Natürlich war Julian da noch wesentlich kleiner.

„Julian, erinnerst du dich eigentlich noch an Hit Wave?"

„Klar, Papa, da waren ganz viele Schubladen und eine Kasse mit Geld drin. Und wenn ich die ganzen Schubladen aufgezogen habe, waren ganz viele CDs drin."

„Ja, so war es", bestätigte dies Sebastian nicht ohne einen leichten Anklang von Wehmut in der Stimme.

Ein erstes Live-Konzert besuchte er auch bald mit seinem Sohn. Da natürlich aufgrund seiner Größe Julian erhebliche Probleme hatte, das Geschehen auf der Bühne zu verfolgen, saß er fast das gesamte Konzert auf seines Vaters Schultern, so dass dieser das Konzertereignis mit rechtschaffenen Kreuzschmerzen beendeten durfte.

The End

Wenn Sebastian im Laufe seines Lebens nahezu dreihundert Konzerte gesehen hatte, so bedeutete dies natürlich, dass er in dieser Hinsicht fast alles erlebt hatte, was zu jener Zeit überhaupt live aufgetreten war. Selbst morgens beim Aufwachen schwirrte in den meisten Fällen sogleich ein Song in Sebastians Kopf herum. Manchmal dachte er auch, jetzt sei es an der Zeit, mal wieder eine schöne Platte aufzulegen, um gleich darauf jedoch zu realisieren, dass bereits eine ganze Weile Musik lief. Außerdem war er endgültig dazu übergegangen, immer ein Notizbuch mit sich zu führen – keinesfalls wegen der Termine, sondern wegen der Scheiben, welche ihm irgendwo in den Sinn kamen und die er ganz dringend noch mal rausziehen und auflegen musste, sobald er nach Hause zurückkehrte. Und auch andere Gedanken notierte Sebastian geflissentlich, sofern er sie für erhaltenswert hielt.

Keine Frage, es hatte starke Einschnitte in Sebastians Leben gegeben, welche im Grunde alle noch nicht so lange zurücklagen. Das Ende von Hit Wave war unumgänglich gewesen und aus pragmatischer, kaufmännischer Sicht durchaus sauber abgewickelt worden. Dies war der sorgsamen und gründlichen Art Sebastians zu verdanken gewesen sowie der fachkundigen und mit ruhiger Hand vorgenommenen Beratung durch seinen geschätzten Schwiegervater – zufällig und zum Glück ein Ex-Banker. Sebastian hatte restlos alles verschachert, was in irgendeinem Zusammenhang mit dem Laden stand. Die Regale hatte er in nächtlichen Fahrten mit einem Lieferwagen nach Wuppertal transportiert, wo sie jemand übernehmen wollte, der sie jedoch schon bald weiterverkaufte. Angeblich standen

Sebastians Hit Wave-Regale mittlerweile in einem Platten-
laden in Rotterdam. Selbst den Ventilator, in der Hitze des
Sommers immer das mit Abstand wertvollste Stück im
Laden, hatte Sebastian noch zu Geld gemacht.

Und bei der Preisauszeichnung der ganzen Ware, welche
für den Ausverkauf runtergeschrieben werden musste,
hatte sich sogar sein Vater, inzwischen siebenundsiebzig
Jahre alt und schwer herzkrank, zur Verfügung gestellt.
Also setzte dieser sich im Laden an einen von Sebastian
mitgebrachten Gartentisch und klebte wirklich von zwölf
Uhr mittags bis zwölf Uhr nachts ununterbrochen rote
Preisaufkleber auf LPs und CDs, den ganzen Tag und fast
ohne Pause. Lediglich einmal zwischendurch besorgte
Sebastian Pommes und Cola für beide. Dies war für den
Vater eine ganz wichtige Gelegenheit, seinem Sohn hilf-
reich zur Seite zu stehen. Alleine hätte es Sebastian an
diesem Abend nämlich einfach nicht geschafft. Wenn der
Vater dies in der Situation natürlich nicht direkt realisierte,
so doch Sebastian, welcher in seinen Kindertagen schließlich nicht allzu viele dieser Gelegenheiten hatte genießen
dürfen.

Im privaten Bereich hatte Sebastian damals beschlossen,
seine Plattensammlung zu verkleinern und trennte sich von
ein paar Hundert Schallplatten, bei denen er ziemlich genau wusste, dass sie in den nächsten zehn Jahren sowieso
nicht mehr auf den Plattenteller kommen würden, weil er
schon sehr lange die Beziehung zu diesen Bands verloren
hatte. So trennte er sich etwa von der kompletten Yes- und
auch seiner Who-Sammlung. Lediglich drei oder vier Stücke behielt er aus sentimentalen Erinnerungsgründen zurück. Dies führte dazu, dass Sebastian später bei manchen
Schallplatten oft nicht mehr genau wusste, ob sie sich noch
in seinem Besitz befanden oder ob sie in irgendeinem
Secondhand-Laden verstaubten. Besaß er die Scheiben von

Rod Stewart und den Faces eigentlich noch oder hatte er sie abgegeben? Und was hatte er von Roxy Music noch zurückbehalten?

Ohnehin war eine große Plattensammlung immer mit nicht zu unterschätzenden Nachteilen verbunden. Nicht nur weil von Jan Akkermans alter Bluesrock-Band Brainbox ganz offiziell nur ein einziges Album auf dem Markt war, Sebastian hingegen ganz offiziell zwei sein eigen nannte, war es einfach sehr schwer, dauerhaft den Überblick zu behalten. Eine im döseligen Kopf versehentlich verstellte Scheibe blieb manchmal monatelang verschwunden. Und in einer stillen Minute gestand ihm Sohn Julian später sogar, dass, weil er sich über Papa schrecklich hatte ärgern müssen, er mit Absicht heimlich ein oder zwei Scheiben verstellt hatte.

Sein alter Freund Willi erwähnte einmal bei einer ihrer intensiven Diskussionen über Neil Young dessen neuestes Werk.

„Die `Silver & Gold` ist mit seinen anderen mehr akustischen Werken qualitativ durchaus vergleichbar", behauptete Willi steif und fest.

„Welche `Silver & Gold`?", merkte Sebastian auf.

„Nun ja, seine neueste Platte."

„Welche neueste Platte und welche `Silver & Gold`? Die kenne ich ja noch gar nicht", wurde Sebastian schon ganz kribbelig.

„Doch, kennst du und hast du."

„Hör` auf."

„Doch, hast du als Schallplatte."

„Nein, Willi, da irrst du dich."

Willi behielt jedoch Recht. Sebastian fand „Silver & Gold" in seiner Sammlung. Er hatte sogar völlig vergessen, dass diese Scheibe überhaupt erschienen war. Gekauft, einsortiert, vergessen – so ging es heutzutage bei manchen Platten.

In seinem Omega wartete auf Sebastian immer wieder das gleiche Problem. Dort waren alle verfügbaren Fächer und Türablagen mit Kassetten voll gestopft, wodurch es praktisch unmöglich war, mal eben diese oder jene Kassette rauszuziehen und in den Recorder zu schieben, zumal eine Kassette ja nicht nur dann zu Ende geht, wenn der Wagen sich gerade in ruhender Position befindet. Und ein Wechsel der Kassette während der Fahrt mit daraus resultierenden gewagten Szenen gehörte somit zwangsläufig irgendwie zum Verkehrsalltag des Autofahrers Sebastian.

Früher hatte er einmal seine komplette Plattensammlung katalogisiert. Er hatte jede einzelne Scheibe mit entsprechenden Anmerkungen auf Karteikarten angelegt, zwei Kästen mit Karten voll. Diese löste er aber nun auf und nutzte die Karteikästen für eine Sammlung ihm wichtiger Zitate großer Denker.

Nicht weniger gravierend waren jedoch die Überlegungen bezüglich seiner drei Gitarren, die Sebastian natürlich immer viel zu wenig spielte. In der festen Überzeugung, man müsse sich auch mal von etwas trennen, beschloss Sebastian unmittelbar nach dem Hit Wave-Ende, sie zu verkaufen. Somit trug er auch seine amerikanische Fender Stratocaster Sunburst in ein Geschäft für Musikinstrumente, wo sich der Inhaber bereiterklärte, sie so lange auszustellen, bis sich ein geeigneter Interessent dafür fände. Es handelte sich um die gleiche Gitarre wie diejenige, welche Rory gespielt hatte. Das Modell wurde mittlerweile auch gar nicht mehr gebaut. Und dieses Modell stand ab jetzt nicht mehr bei Sebastian zu Hause, sondern in einem Geschäft zum Verkauf.

In der Nacht dann träumte Sebastian. Er träumte, dass er unbedingt auf seiner heißgeliebten Fender Stratocaster

110

spielen wollte und sie nicht mehr an ihrem Platze stand. Als er erwachte, dachte er sofort:

„Was für ein grauenhafter Traum!"

Als er aber nachdachte und darüber gänzlich erwachte, musste er schockiert feststellen, dass es kein Traum gewesen war, sondern dass seine Fender wirklich nicht mehr bei ihm weilte und der Typ im Geschäft sie vielleicht gerade in diesem Augenblick an jemanden weiterverkaufte. *Seine* Gitarre, von der er doch schon als Junge geträumt hatte! Keineswegs hatte Sebastian die Zeilen von Ten Years After vergessen, in denen Alvin Lee zwar seine Mutter berauben, niemals jedoch seine Gitarre verkaufen würde. Dennoch hatte er genau dies jetzt getan. Was war dabei eigentlich in ihm vorgegangen?

Sebastian sprang aus dem Bett, rief schnellstens an und erfuhr, dass seine Gitarre derzeit noch auf einen Käufer wartete. Wie der Blitz packte er seinen verdutzten Sohn ins Auto, brauste los und erzählte dem Typ im Musikgeschäft von seinem Traum, dass alles mehr ein Black-out war und überhaupt, er müsse jetzt sofort seine Gitarre zurück haben.

Früher einmal hatte Sebastian drei Träume gehabt. Beim ersten handelte es sich um einen Opel Omega, mit dem er nun bereits seit fast zehn Jahren in der Gegend herumschaukelte.

Bei dem zweiten Traum handelte es sich darum, mal in die USA zu reisen. Auch dort war er inzwischen gewesen. Sebastian hatte San Francisco gesehen, Monterey besucht und den Zabriskie Point, nahezu alle Orte, wo seine Jefferson Airplane, die Quicksilver Messenger Service, Jimi Hendrix, die Byrds oder die Grateful Dead den Hippies mit ihrer Musik eine gute Zeit bereitet hatten. Ebenso hatte Sebastian riesige Kakteen in der Wüste stehen sehen, oft

111

an die hundert Jahre alt und am unteren Stamm in einem Zustand, als hätte sie mal jemand zerschossen.

Drittens aber hatte Sebastian eine echte Fender Stratocaster erworben und natürlich das Modell, welches Rory spielte, weil es allein von daher eine bessere Gitarre nicht geben konnte. Nach diesem fürchterlichen Albtraum war sie nun wieder bei ihm zu Hause und Sebastian hatte zukünftig immer ein schlechtes Gewissen ihr gegenüber, wenn er sie liebevoll anschaute.

Man könnte hinzufügen, dass ein vierter Traum immer derjenige gewesen war, Rory mal kennen zu lernen. Je länger jedoch Rorys Tod zurücklag, desto unsicherer wurde sich Sebastian, ob er dem Meister eigentlich wirklich mal persönlich begegnet war. Obgleich eine Reihe von Fotos existierten, welche die Unklarheit definitiv hätten beseitigen können, weil er doch auf ihnen mit Rory in tiefem Gespräch abgelichtet war, mutete letztendlich diese Geschichte allzu phantastisch an, als dass sie dem Reich der Realitäten hätte zugeordnet werden können. Im Grunde blieb sie also ein Traum. Sebastian hatte zwei komplette Aktenordner über Rory im Schrank stehen mit Fotos, Zeitungsartikeln, Interviews und was immer über diesen irischen Bluesrocker wo auch immer veröffentlicht worden war. Heutzutage konnte man Neuigkeiten über ihn problemlos im Internet erfahren. Sebastian besaß 119 LPs und CDs von Rory, davon manche wegen unterschiedlicher Cover drei- oder viermal und gar nicht mitgerechnet zahlreiche Video- und Kassettenaufnahmen.

Übrigens bedeutete dies keinesfalls, dass Sebastian etwa den lieben langen Tag ununterbrochen immer nur Rory hörte. Wenn man bereits sein ganzes Leben lang dessen Schallplatten gespielt hatte, kannte man diese von vorne bis hinten und von hinten bis vorne. Jede Passage, jeder Akkord hatte sich auf ewig und unauslöschlich im Gehör eingebrannt. Rory war immer und überall mit dabei. *Wenn Sebastian aber mal ein Album des Meisters in seinen Händen hielt, dann fühlte er sich immer gleich wie zu Hause.*

Nachdem er Ian Matthews mal wieder gesehen hatte, stand der Künstler angekündigterweise nach der Show draußen, um seinen Fans die Möglichkeit zu einem persönlichen Gespräch mit ihm zu bieten. Sebastian hielt sich länger in seiner Nähe auf und beobachtete ihn ein wenig. Dennoch war es nicht mehr die Zeit, in welcher er wie so mancher andere Fan ein Gespräch mit Ian Matthews führen wollte. Was hätte er ihm erzählen sollen? Etwa, dass er jede verdammte Scheibe von ihm besitzt und ihn schon mal gemeinsam mit Al Stewart gesehen hat? Rory *musste* er damals einiges mitteilen, aber nun an diesem Ort ging es nur noch um die Musik und endgültig um nichts anderes mehr.

Bedingt durch seine Sorgen mit Hit Wave war Sebastian damals sogar mal nicht zu einem Konzert von Jimmy Page und Robert Plant gegangen, weil er restlos bedient war von allem, was nur irgendwie mit Musik zu tun hatte. Im Grunde jedoch war er wirklich Fan geblieben und je älter er wurde, desto deutlicher sah er, dass es letzten Endes doch immer nur auf die Musik an sich ankam. Allein sie war wichtig und nicht etwa tolle Fotos oder andere Äußerlichkeiten der Stars. Selbst unglaublich rare Musikaufnahmen von B.B. King oder Freddie King oder Albert King zählten nur dann, wenn sie wirklich gut waren, nicht aber, wenn auf den Tonträgern fast nichts anderes zu hören war als Rauschen und Rumpeln und ab und an mal das Applaudieren der Zuhörer.

Sebastians Verhältnis zu Albert King blieb übrigens dauerhaft distanziert, weil dieser sich in der Vergangenheit angeblich mal negativ über Rory geäußert hatte!

Also nur die Musik zählte. Und dafür stand für Sebastian immer der Text Eric Claptons auf dessen wunderschönem Album „Money And Cigarettes":

I get off on
57 Chevys
I get off on
A screaming guitar
Like the way it hits me
Everytime it hits me
I got a rock`n`roll
I got a rock`n`roll heart.

Auch Sebastian besaß dieses Rock`n`Roll-Herz und hatte die repräsentativen 57 Chevys in seiner Vitrine sicher abgestellt. Das dazugehörige Lebensgefühl hatte er auf ausreichend Live-Konzerten zur Genüge ausgekostet, er hatte Alvin Lee mit oder ohne dessen Ten Years After siebenmal gesehen, Joe Cocker sechsmal, Wishbone Ash, Eric Clapton, Stan Webb`s Chicken Shack und Canned Heat fünfmal, Johnny Winter viermal, U2, Man, B.B. King, Eric Burdon, John Mayall, Neil Young und Peter Green dreimal sowie Pink Floyd, Deep Purple, Peter Tosh und die Rolling Stones zweimal. Das genügte.

Rory hatte Sebastian insgesamt vierzehnmal gesehen, gehört und zuweilen backstage persönlich getroffen und war dafür Hunderte von Kilometern gereist, was er heute sofort wiederholen würde, wenn Rory nur noch da wäre.

Von Konzerten mit Arlo Guthrie, Bo Diddley, Edgar Broughton bis hin zu seichterer Kost wie Sweet, Marmelade oder Middle of the Road besaß er aus sammlerischen Gründen noch die Tickets, konnte sich jedoch überhaupt nicht mehr an die einzelnen Shows erinnern, weil sie letztendlich zu unbedeutend waren und viele dieser Bands und

Interpreten daher folgerichtig vom Strom des Vergessens mitgerissen wurden. Dagegen waren Paul Butterfield oder Thin Lizzy wirklich ein Erlebnis gewesen, Konzerte mit Steve Ray Vaughan, ACDC oder Chuck Berry blieben für immer tolle Erinnerungen. Muddy Waters, B.B.King oder in Belgien John Lee Hooker hatten den ewigen Bluesliebhaber geprägt.

Aus seinem Laden wusste Sebastian sehr wohl, dass Rock- und Popmusik überwiegend die Musik junger Leute war. Wenn diese dann später im Stress des Berufs- und Familienlebens standen, rückte bei den meisten Fans die Musik ziemlich schnell in den Hintergrund. Das Geld wurde fortan nicht mehr für neue Scheiben ausgegeben, sondern für andere Dinge benötigt, etwa um damit die bürgerliche Existenz eines Reihenhauses mit Schlauchgarten zu ermöglichen. Zum Musikhören blieb plötzlich keine Zeit mehr, die Kinder, die Kinder... Einstmals geliebte Scheiben gammelten im Keller in irgendwelchen Kisten vor sich hin und verschimmelten am Ende. Die Musik, früher wichtigster und oft sogar einziger Inhalt im Leben so vieler Jugendlicher, hatte plötzlich ihre Bedeutung verloren. Nicht so für Sebastian. Niemals würde er ein Leben ohne Musik ertragen können.

Der Begriff der Kontinuität war für ihn sehr bedeutsam. In einer Welt der Schnelligkeit und Wertelosigkeit war man ständig gezwungen, sich zu orientieren. Zumindest empfand Sebastian dies so. Und Orientierung erlangte man von Fixpunkten aus, also auch durch das, was einen Menschen als Person, als Individuum in dieser kalten Welt eigentlich ausmacht, definiert und von anderen Subjekten unterscheidet, welche in Wirklichkeit doch oft nur Objekte in Form von Spielbällen und Kalkulationsmengen irgendwelcher Werbestrategen auf hundert verschiedenen Fernsehsendern darstellten.

Der feste Punkt schlechthin war für Sebastian immer seine Musik gewesen. Schon häufig hatte er erfahren müssen, dass Beziehungen zu Frauen vergänglich waren, die Beziehung zur Musik dagegen niemals. Wenn Alben wie „Deep Purple In Rock", „Meddle" oder „Darkside Of The Moon" von Pink Floyd zum Zeitpunkt ihres Erscheinens wegweisend, wenn Eric Claptons „Layla And Other Assorted Love Songs" oder „A Space In Time" von Ten Years After früher genial waren, warum sollten sie dann heute nicht mehr gut sein? Warum sollten sie in einem neuen Jahrtausend etwas von ihrer Wirkung verloren haben? Warum sollte man sie also heute nicht mehr auflegen und es richtig knallen lassen? Dabei blieb es durchaus zweitrangig, ob es sich geschmacksbedingt bei den Fans um Heavy Metal, guten Soul oder auch einfach mal vernünftige Popmusik handelte. Grundlage all dieser musikalischen Zweige war doch der Blues, ursprünglich mal nicht unterschieden von der musikalischen Richtung des Jazz. Blues verkörperte die einfachen Wahrheiten. Blues bedeutete Arbeit und Ehrlichkeit, aber auch Melancholie und natürlich vor allem Liebe.

„Warum geht es in der Musik eigentlich so oft um Liebe?" hatte Sebastians Bruder – schon im Erwachsenenalter - ihn mal zu dessen Erstaunen gefragt, weil er dies wohl als junger Mann immer noch nicht verstehen konnte, weil er Liebe in seinem Leben niemals erfahren hatte und schließlich daran zerbrechen sollte.

Dagegen war Rory vor dem endgültigen Versumpfen immer durch seinen Bruder Donal gerettet worden; zumindest war Donal dies über einen recht langen Zeitraum gelungen. Peter Green hatte solch einen Bruder nicht. Peter Green wurde in der Musikbranche abgezogen und verhohnepipelt nach allen Regeln der Kunst. Heute stand er nur noch als menschliches Wrack auf der Bühne. Dennoch hatte er von den paar Leuten, welche heute überhaupt noch live auftraten und den Blues spielten, für Sebastian eine wichtige Bedeutung, eben aufgrund seiner Lebensgeschichte.

„This is a song about a man, who smokes too much, who drinks too much and who has too many women. And he dies with a smile on his face."

Wer mit solchen Worten auf seinem Konzert einen Song einleitete, würde mit Sicherheit trotzdem nicht mit einem Lächeln im Gesicht sterben, weil Sebastian sich nicht vorstellen konnte, dass so etwas überhaupt irgendjemandem möglich ist. Aber an solch einem Abend wurde eben mal kurz das ganze Leben auf drei Akkorde reduziert und das machte es aus. Das Leben war schön und Peter Green – trotz all seiner persönlichen Pleiten und Pannen – lebte dies vor, indem er glücklich lächelnd auf der Bühne stand und erzählte.

„I wrote a lot of hits, but then there was too much confusion in my life."

Nachdem er eine Weile versucht hatte, eine zusammenhängende Geschichte zu erzählen, bemühte der Musiker sich wieder ernsthaft, seinen Einsatz im nächsten Song hinzukriegen.

Wieder mal auf Konzert bei Jefferson Starship, musste Sebastian mit ansehen, wie Frontmann Paul Kantner – Woodstock-Veteran und nun in Wuppertal vor 200 Zuschauern – während der Show annähernd eine ganze Flasche Schnaps trank und dazu unzählige Zigaretten rauchte. Paul Kantner machte schlicht einen reichlich frustrierten Eindruck, welches er mit den Worten ans Publikum unterstrich:

„Imagine, we have a president, that doesn't read books, not at all. So what shall we do?"

„Play Love-Songs!", wurde ihm prompt aus der ersten Reihe, in welcher selbstredend auch Sebastian mit Freund Willi sich eingefunden hatte, zugerufen. Aber war es das?

„Play Love-Songs?", erwiderte dann auch nachdenklich Paul Kantner. Jedenfalls immer noch besser als Schnaps und Zigaretten. Der Jefferson Starship-Chef wurde dann auch immer betrunkener, stolperte über Kabel und so weiter und so weiter. Dafür trank Caravan-Mann Pye Hastings nach einem wundervollen Open Air-Konzert seiner Band anschließend gepflegt ein Glas Weißwein und als Sebastian ihm zum Schluss ein Lob für die unvergessliche Show mit auf den Weg und Pye Hastings ihm dafür einen sportlichen Klaps auf die Schulter gab, war es kein Wunder, dass auf Sebastians Jeans-Jacke, welche er auf diesem Konzert getragen hatte, fortan ein hellerer Fleck an eben jener Stelle zu sehen war und auch für immer dort bleiben sollte.

In Hermann Hesses Roman „Siddartha" wurden Wahrheiten dergestalt transportiert, dass etwa schöne Frauen und viel Geld im Leben zwar angenehme Begleitumstände darstellen, jedoch nicht die Lösung, die letzte Wahrheit aufzeigen. Bei Hermann Hesse handelte es sich um Sebastians Lieblingsautor, weil dieser Schriftsteller immer darauf bedacht war, festzuhalten an der Natur, am Natürlichen sowie der Aufrichtigkeit vor sich selbst. Auch auf der literarischen Ebene führte nämlich der Weg für Sebastian niemals hin zum materialistischen Denken, niemals in die Richtung, welche nur auf den eigenen Vorteil bedacht ist. Wichtig waren nie Äußerlichkeiten, sondern immer nur innere Werte, wichtig waren Ehrlichkeit, Vertrauen, Bodenständigkeit und Kontinuität. An dieser Überzeugung hielt Sebastian weiterhin fest.

Und derjenige, welcher in Sebastians Leben am längsten diese ideellen Werte verkörpert, der eigentlich immer nur für seine Musik gelebt hatte und, wenn möglich, nichts mit Menschen zu tun haben wollte, bei denen immer nur die Dollarzeichen in den Augen leuchteten, das war eben seit nunmehr fünfunddreißig Jahren Rory. Daran gab es nichts zu rütteln, auch wenn dieser schon lange woanders Gitarre spielte.

Nach einem Urlaub auf Sylt waren Sebastian und seine Familie lebensmittelmäßig ziemlich abgebrannt. Daher hielt er mit Frau Layla und Söhnchen Julian auf der Rückfahrt kurz auf dem Parkplatz eines Einkaufszentrums am Stadtrand von Flensburg, um schnell das Wichtigste einzukaufen, landete jedoch – seltsamerweise – statt im Supermarkt in einem riesigen CD-Geschäft. Bereits nach kurzer Überprüfung musste Sebastian zugeben, dass der Laden gut sortiert war. Zwanzig CDs von den Grateful Dead – soviel hatte er noch nicht mal mehr in San Francisco in den Regalen gesehen! Und auch ungefähr zehn von Rory fand man heute nicht mehr so ohne weiteres. Eine rosafarbene CD-Hülle im Fach des verehrten und so sehr vermissten Gitarrenidols war Sebastian sogar unbekannt – die nächste Best Of kam auf ihn zu. Plötzlich las er jedoch auf der Hülle: „All material previously unreleased". Sebastian stutzte – und hielt just in diesem Augenblick im hohen Norden Deutschlands ein brandneues Album von Rory Gallagher in seinen Händen!

Ein flüchtiger Blick auf die Liste der Songtitel legte schon eine bestimmte Vermutung nahe. Als Sebastian, endlich daheim, den Startknopf seines CD-Players drückte, sah er sich sogleich bestätigt. Handelte es sich doch wirklich um das Akustik-Album, welches Rory immer mal machen wollte, aber nie geschafft hatte. Donal hatte diverse und in dieser Form wahrhaftig alle bis dato unveröffentlichte Songs aus Rorys Karriere zusammengestellt und daraus ein akustisches Folkalbum produziert.

Nachdem aber Sebastian nur die ersten Klänge des ersten neuen Albums von Rory seit nunmehr dreizehn Jahren gehört hatte, musste er beinahe heulen und er schaltete ganz schnell wieder aus, um sich erst mal zu sammeln und dann den nächsten Versuch zu wagen. Hatte er doch soeben einen der schönsten und melancholischsten Songs von Rory überhaupt gehört. Und dies hatte ihn zu seiner Überraschung völlig umgehauen.

Beim zweiten Anlauf hörte Sebastian die CD ganz bis zum Ende. Es handelte sich um ein neues Meisterstück und für Sebastian wiederum die Bestätigung, dass Rory auf musikalischer Ebene immer und für alle Zeiten seine Nr.1 bleiben würde – jetzt noch viel mehr als früher. Nicht ein einziger Funke des Feuers, das die Musik in seinen jüngeren Tagen bei ihm entflammt hatte, war erloschen. Und Musik – das bedeutete ein schneidendes Gitarrensolo von Rory bis hin zur hörbaren Spielfreude eines Muddy Waters noch mit über sechzig Jahren.

Sebastian besaß ja nun schon sehr lange keinen Plattenladen mehr. Musik jedoch war immer für ihn da, war immer gut zu ihm gewesen. Und so hielt er jetzt als freier Dozent Seminare ab. Eines davon bot er an über die Geschichte des Blues, nachdem er in der städtischen Bücherei gesehen hatte, dass dort einige interessante Werke über die Grundlagen aller populären Musik und somit auch über Blues lagerten. Dass auch in seiner eigenen kleinen Musik-Bibliothek einiges zu diesem Thema vorrätig war, fiel Sebastian erst später auf. Somit konnte er also frisch ans Werk und damit an die Seminarvorbereitung gehen.

Blues ist nun einmal nicht heilbar!

Gunnar Lou Schmitt

Gunnar Lou Schmitt wurde 1959 in Bonn geboren und studierte Geschichte und Philosophie, um anschließend seinen eigenen Musikladen zu eröffnen. Heute unterrichtet er als Lehrer und widmet sich ansonsten der Literatur und der Musik. Bisher veröffentlicht wurden die Erzählung „Toni mitten im Leben" und Gedichte in der Frankfurter Bibliothek, der Bibliothek Deutschsprachiger Gedichte sowie in der Literareon Lyrik-Bibliothek. Sein erster Roman mit dem Titel „Blues ist unheilbar" erschien zuerst 2007 im Iris Kater Verlag, 2009 folgte „Der Nachtfalter und der Taugenichts" im Selbstverlag.